序 言

從趣味中，精通生活必備單字！

根據語言專家的研究顯示，語言學習過程的「趣味性」，能夠使人樂在其中，而達到百分之百的學習效果。

本著「趣味性」的原則，我們精選3500個與生活密切相關的單字，並針對英文單字的特性，歸納出五種最有效而簡單的記憶方式，編成「**英文單字趣味記憶法**」，引導您發揮驚人的記憶潛能，在一個月內，精通生活必備單字！

趣味記憶法，背得快，記得牢！

- 分類記憶法：把生活最常用的名詞、形容詞及動詞，採系統分類整理，便於您溫故知新，節省記憶時間。
- 視覺記憶法：強調看圖記單字的要訣，內容琳瑯滿目，圖文並茂，是您生活必備的小百科。
- 首尾聯想記憶法：精選最常用的字首、字尾、字根，讓您徹底掌握造字規則，單字記憶速度成等比級數增加。
- 慣用語記憶法：精選四字一組最常用的慣用語，每個慣用語逐字拆開解釋，分析詳盡，朗朗上口，容易記住。
- 擬聲語記憶法：把握住聲音與語言結合為一的特性，再配合幽默漫畫及中文詳解，您可以學到最傳神、最饒富趣味的各種擬聲語。

版面清爽活潑是本書另一大特色，這是我們為您的「視覺舒適」所精心設計的，以使您能輕輕鬆鬆地把各類重要單字輸進腦中。本書倘有疏忽之處，尚祈各界先進不吝批評指教！

編者　謹識

目錄

第四篇　慣用語記憶法 ‥‥ 157

第五篇　擬聲語記憶法 ‥‥ 191

分類記憶法

生活必備字彙，系統整理！

- **分類記憶法的內容**——涵蓋生活中最常用的名詞、形容詞及動詞。

特色——重要生活單字分門別類地系統整理，一看就懂，一學就會，可以背得快、記得牢。

目的——讓您以最短的時間，重新牢記各類學過的單字，熟悉未學過的重要單字，增進運用字彙的能力！

要訣——對各類重要生活字彙，採取各個突破，一次只記一大類，透過檢查的方式，倍增記憶力！

第1章
生活最常用名詞

溫習名詞的基本概念！

名詞可分爲： 1. 可數名詞　 2. 不可數名詞

1. 可數名詞的複數形可分爲下列六種。
   (1) 一般在單數字尾加 - s。如：book ⇨ books（書）。
   (2) 字尾若爲 s, z, x, sh, ch,則加 - es。如：glass ⇨ glasses（杯子），buzz ⇨ buzzes（嗡嗡聲），box ⇨ boxes（盒子），dish ⇨ dishes（碟子），watch ⇨ watches（手錶）。
   (3) 字尾是子音＋y者，去 y 加 - ies，如：lady ⇨ ladies（淑女）；字尾是母音＋y者，則只加 -s，如 boy ⇨ boys（男孩）。
   (4) 字尾爲子音＋o者，大部分加 - es。如：potato ⇨ potatoes（馬鈴薯），tomato ⇨ tomatoes（蕃茄）〔例外：piano ⇨ pianos（鋼琴）〕；字尾爲母音＋o者，則只加 -s。如：radio ⇨ radios（收音機），zoo ⇨ zoos（動物園）。
   (5) 字尾是 f 或 fe者，去 f 或 fe 加 -ves。如：loaf ⇨ loaves〔一條（麵包）〕，knife ⇨ knives（刀子）。
   (6) 不規則的複數形變化，如：man ⇨ men（男人），foot ⇨ feet（腳）。

2. 不可數名詞，則用表「單位」的名詞，來表示「數」的觀念。其公式爲：

數詞＋單位名詞＋ of ＋不可數名詞

如： a	gust	of	wind	（一陣風）
two	pieces	of	jewelry	（二件珠寶）
three	cups	of	tea	（三杯茶）
four	bottles	of	beer	（四瓶啤酒）

以下就從與您息息相關的人、事、物開始記憶！

家庭 Family

母　親□□ mother〔'mʌðɚ〕
　　　　mom〔mɑm〕

父　親□□ father〔'fɑðɚ〕
　　　　dad〔dæd〕

祖　父□□ grandfather
　　　　〔'grænd,fɑðɚ〕
　　　　grandpa〔'grændpɑ〕

祖　母□□ grandmother
　　　　〔'grænd,mʌðɚ〕
　　　　grandma〔'grændmɑ〕

叔　父□□ uncle〔'ʌŋkl̩〕

嬸　母□□ aunt〔ænt〕

姊　妹□□ sister〔'sɪstɚ〕
　　　　sis〔sɪs〕

兄　弟□□ brother〔'brʌðɚ〕

甥姪女□□ niece〔nis〕

甥姪兒□□ nephew〔'nɛfju〕

堂表兄
弟姊妹□□ cousin〔'kʌzn̩〕

雙　親□□ parents〔'pɛrənts〕

姑、嫂□□ sister-in-law
　　　　〔'sɪstərɪn,lɔ〕

岳　母□□ mother-in-law
　　　　〔'mɑðərɪn,lɔ〕

岳　父□□ father-in-law
　　　　〔'fɑðərɪn,lɔ〕

兒　子□□ son〔sʌn〕

女　兒□□ daughter〔'dɔtɚ〕

丈　夫□□ husband〔'hʌzbənd〕

妻　子□□ wife〔waɪf〕

夫　婦□□ couple〔'kʌpl̩〕

嬰　兒□□ baby〔'bebɪ〕

紳　士□□ gentleman〔'dʒɛntl̩mən〕

婦　人□□ lady〔'ledɪ〕
　　　　woman〔'wumən〕

朋　友□□ friend〔frɛnd〕

同　伴□□ mate〔met〕
　　　　fellow〔'fɛlo〕

伙　伴□□ partner〔'pɑrtnɚ〕

人　　□□ man〔mæn〕
　　　　person〔'pɝsn̩〕

鄰　居□□ neighbor〔'nebɚ〕

孩　子□□ child〔tʃaɪld〕
　　　　children〔'tʃɪldrən〕

新　娘□□ bride〔braɪd〕

新　郎□□ bridegroom
　　　　〔'braɪd,grum〕

嬰　兒　□□	infant〔'ɪnfənt〕	女　孩　□□ girl〔gɝl〕
大　人　□□	adult〔ə'dʌlt〕	家　屬　□□ family〔'fæməlɪ〕
祖　先　□□	ancestor〔'ænsɛstɚ〕	folks〔foks〕
女　士　□□	madam〔'mædəm〕	家　長　□□ master〔'mæstɚ〕
寡　婦　□□	widow〔'wɪdo〕	長　輩　□□ senior〔'sinjɚ〕
孿生子　□□	twins〔twɪnz〕	晚　輩　□□ junior〔'dʒunjɚ〕
嗣　子　□□	heir〔ɛr〕	血　統　□□ blood〔blʌd〕
孫　子　□□	grandson〔'grænd,sʌn〕	老　年　□□ age〔edʒ〕
孫　女　□□	granddaughter〔'grænd,dɔtɚ〕	後　裔　□□ descendant〔dɪ'sɛndənt〕
男　孩　□□	boy〔bɔɪ〕	靑　年　□□ youth〔juθ〕

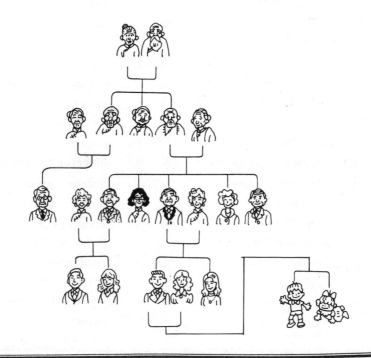

職業 Occupations

演　員 □□ actor 〔'æktɚ〕

醫　生 □□ doctor 〔'dɑktɚ〕

銀行家 □□ banker 〔'bæŋkɚ〕

偵　探 □□ detective
　　　　〔dɪ'tɛktɪv〕

教　師 □□ teacher 〔'titʃɚ〕

講　師 □□ instructor
　　　　〔ɪn'strʌktɚ〕

律　師 □□ lawyer 〔'lɔjɚ〕

記　者 □□ newsman
　　　　〔'njuzmən〕

教　授 □□ professor 〔prə'fɛsɚ〕

校　長 □□ principal 〔'prɪnsəpl̩〕

官　員 □□ official 〔ə'fɪʃəl〕

木　匠 □□ carpenter 〔'kɑrpəntɚ〕

工程師 □□ engineer 〔,ɛndʒə'nɪr〕

農　夫 □□ farmer 〔'fɑrmɚ〕

漁　夫 □□ fisherman
　　　　〔'fɪʃɚmən〕

畫　家 □□ painter 〔'pentɚ〕

強　盜 □□ robber 〔'rɑbɚ〕

犯　人 □□ criminal 〔'krɪmənl̩〕

政治家 □□ statesman
　　　　〔'stetsmən〕

部　長 □□ minister 〔'mɪnɪstɚ〕

店　員 □□ clerk 〔klɝk〕

法　官 □□ judge 〔dʒʌdʒ〕

護　士 □□ nurse 〔nɝs〕

藥劑師 □□ druggist 〔'drʌgɪst〕
　　　　pharmacist
　　　　〔'farməsɪst〕

歌　手 □□ singer 〔'sɪŋɚ〕

醫　生 □□ doctor 〔'dɑktɚ〕
　　　　physician 〔fə'zɪʃən〕

理髮匠 □□ barber 〔'barbɚ〕

經　理 □□ manager 〔'mænɪdʒɚ〕

商　人 □□ merchant
　　　　〔'mɚtʃənt〕

評論家 □□ critic 〔'krɪtɪk〕

董　事 □□ director 〔də'rɛktɚ〕

雜貨商 □□ grocer 〔'grosɚ〕

市　長 □□ mayor 〔'meɚ〕

會計員 □□ accountant
　　　　〔ə'kauntənt〕

車　掌 □□ conductor
　　　　〔kən'dʌktɚ〕

商　業 □□ business 〔'bɪzɪnɪs〕

職　業 □□ career 〔kə'rɪr〕

勞　工☐☐ **labor**〔'lebɚ〕

詩　人☐☐ **poet**〔'po‧ɪt〕

作　家☐☐ **writer**〔'raɪtɚ〕

　　　　 author〔'ɔθɚ〕

秘　書☐☐ **secretary**

　　　　〔'sɛkrə,tɛrɪ〕

軍　人☐☐ **soldier**〔'soldʒɚ〕

舞蹈家☐☐ **dancer**〔'dænsɚ〕

修理工☐☐ **repairman**

　　　　〔rɪ'pɛr,mæn〕

裁　縫☐☐ **tailor**〔'telɚ〕

打字員☐☐ **typist**〔'taɪpɪst〕

設計家☐☐ **designer**〔dɪ'zaɪnɚ〕

編　輯☐☐ **editor**〔'ɛdɪtɚ〕

廣　告☐☐ **adman**〔'æd,mæn〕

捐　客

主　婦☐☐ **housewife**

　　　　〔'haʊs,waɪf〕

交通・建築
Traffic • Building

方　　向	**way** 〔we〕	
公　　路	**road** 〔rod〕	
人行道	**path** 〔pæθ〕	
	side walk	
街　　道	**street** 〔strit〕	
信　　號	**signal** 〔'sɪgn̩〕	
行　　列	**parade** 〔pə'red〕	
路　　線	**course** 〔kors〕	
	route 〔rut〕	
火　　車	**train** 〔tren〕	
車　　站	**station** 〔'steʃən〕	
計程車	**cab** 〔kæb〕	
	taxi 〔'tæksɪ〕	
脚踏車	**bicycle** 〔'baɪsɪk̩l〕	
噪　　音	**noise** 〔nɔɪz〕	
交　　通	**traffic** 〔'træfɪk〕	
船	**ship** 〔ʃɪp〕	
船　　艦	**vessel** 〔'vɛs̩l〕	
大　　街	**avenue** 〔'ævə,nju〕	
港	**port** 〔port〕	
飛機場	**airport** 〔'ɛr,port〕	
休閒娛樂之處	**resort** 〔rɪ'zɔrt〕	

旅　　行	**travel** 〔'trævl̩〕	
短　　程	**trip** 〔trɪp〕	
旅　　行		
車　　票	**ticket** 〔'tɪkɪt〕	
包　　裹	**package** 〔'pækɪdʒ〕	
景　　象	**sight** 〔saɪt〕	
景　　色	**scene** 〔sin〕	
	view 〔vju〕	
宮　　殿	**palace** 〔'pælɪs〕	
旅　　館	**hotel** 〔ho'tɛl〕	
橋	**bridge** 〔brɪdʒ〕	
海　　峽	**channel** 〔'tʃæn̩l〕	
水　　壩	**dam** 〔dæm〕	
壕　　溝	**moat** 〔mot〕	
紀念物	**memorial** 〔mə'morɪəl〕	
公　　園	**park** 〔park〕	
動物園	**zoo** 〔zu〕	
車　　輛	**vehicle** 〔'viɪk̩l〕	
野　　餐	**picnic** 〔'pɪknɪk〕	
自　　然	**nature** 〔'netʃɚ〕	
紀念碑	**monument** 〔'manjəmənt〕	

廟 □□ temple〔'tɛmpḷ〕　　城 堡□□castle〔'kæsḷ〕

神 龕□□ shrine〔ʃraɪn〕　　建築物□□building

茅 屋□□ lodge〔lɑdʒ〕　　　　　　　〔'bɪldɪŋ〕

　　　　cabin〔'kæbɪn〕　　建築物□□structure

圖書館□□library〔'laɪ,brɛrɪ〕　　　　　〔'strʌktʃə〕

博物館□□museum　　　　　塔 □□ tower〔'taʊə〕

　　　　〔mju'ziəm〕　　　墳 墓□□grave〔grev〕

餐 館□□restaurant　　　　　　tomb〔tum〕

　　　　〔'rɛstərənt〕　　門 廳□□hall〔hɔl〕

通信・娛樂
Correspondence • Entertainment

報 導☐☐ **news** 〔njuz〕
report 〔rɪ'port〕

通 告☐☐ **announcement**
〔ə'naʊnsmənt〕

報 紙☐☐ **newspaper**
〔'njuz,pepə〕

電 話☐☐ **telephone**
〔'tɛlə,fon〕

書 信☐☐ **letter** 〔'lɛtə〕

電 報☐☐ **message**
〔'mɛsɪdʒ〕
telegram
〔'tɛlə,græm〕

郵 件☐☐ **mail** 〔mel〕

消 息☐☐ **information**
〔,ɪnfə'meʃən〕

郵 票☐☐ **stamp** 〔stæmp〕

信 封☐☐ **envelope** 〔'ɛnvə,lop〕

信 號☐☐ **sign** 〔saɪn〕
signal 〔'sɪgnḷ〕

知 識☐☐ **knowledge**
〔'nɑlɪdʒ〕

事 實☐☐ **fact** 〔fækt〕

電 纜☐☐ **cable** 〔kebḷ〕

包 裹☐☐ **parcel** 〔'pɑrsḷ〕

會 晤☐☐ **meeting** 〔'mitɪŋ〕

方 法☐☐ **manners**
〔'mænəz〕

團 體☐☐ **group** 〔grup〕

禮 物☐☐ **present** 〔'prɛznt〕

歡 迎☐☐ **welcome**
〔'wɛlkəm〕

儀 式☐☐ **ceremony**
〔'sɛrə,monɪ〕

節 目☐☐ **program**
〔'progræm〕

約 定☐☐ **promise** 〔'prɑmɪs〕

演 講☐☐ **speech** 〔spitʃ〕

語 言☐☐ **language**
〔'læŋgwɪdʒ〕

傳 達☐☐ **communication**
〔kə,mjunə'keʃən〕

手 勢☐☐ **gesture** 〔'dʒɛstʃə〕

會 話☐☐ **conversation**
〔,kɑnvə'seʃən〕

接 見☐☐ **interview**
〔'ɪntə,vju〕

方 言☐☐ **dialect** 〔'daɪəlɛkt〕

故　事☐☐ **story** 〔'storɪ〕

雜　誌☐☐ **magazine**
〔,mægə'zin〕

音　樂☐☐ **music** 〔'mjuzɪk〕

樂　器☐☐ **instrument**
〔'ɪnstrəmənt〕

歡　唱☐☐ **carol** 〔'kærəl〕

節　日☐☐ **festival** 〔'fɛstəvḷ〕

照　片☐☐ **picture** 〔'pɪktʃɚ〕
photo 〔'foto〕

電　影☐☐ **movie** 〔'muvɪ〕

劇　場☐☐ **theater** 〔'θiətɚ〕

舞　台☐☐ **stage** 〔'stedʒ〕

小喜劇☐☐ **skit** 〔skɪt〕

座　位☐☐ **seat** 〔sit〕

雕　刻☐☐ **sculpture**
〔'skʌlptʃɚ〕

肖　像☐☐ **portrait**
〔'portret〕

傳　記☐☐ **biography**
〔baɪ'ɑgrəfɪ〕

諷刺畫☐☐ **caricature**
〔'kærɪkətʃɚ〕

喜　劇☐☐ **comedy** 〔'kɑmədɪ〕

悲　劇☐☐ **tragedy**
〔'trædʒədɪ〕

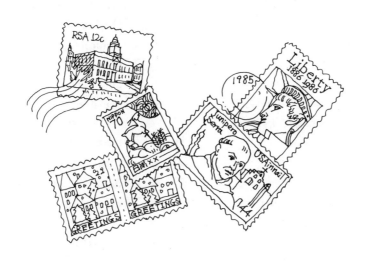

人事變遷 Life • Fate

一 生☐☐ lifetime〔'laɪf,taɪm〕

時 尚☐☐ style〔staɪl〕

經 驗☐☐ experience〔ɪk'spɪrɪəns〕

冒 險☐☐ adventure〔əd'vɛntʃɚ〕

意 見☐☐ opinion〔ə'pɪnjən〕

機 智☐☐ wit〔wɪt〕

神 秘☐☐ mystery〔'mɪstərɪ〕

價 值☐☐ value〔'væljʊ〕

金 錢☐☐ money〔'mʌnɪ〕

法 則☐☐ rule〔rul〕

法 律☐☐ law〔lɔ〕

才 能☐☐ talent〔'tælənt〕

自 由☐☐ liberty〔'lɪbətɪ〕

勇 氣☐☐ courage〔'kɝɪdʒ〕

野 心☐☐ ambition〔æm'bɪʃən〕

情 感☐☐ emotion〔ɪ'moʃən〕

熱 情☐☐ passion〔'pæʃən〕

耐 性☐☐ patience〔'peʃəns〕

感 覺☐☐ sensation〔sɛn'seʃən〕

憤 怒☐☐ anger〔'æŋgɚ〕

不 安☐☐ anxiety〔æŋ'zaɪətɪ〕

悲 哀☐☐ sorrow〔'sɑro〕

好 運☐☐ luck〔lʌk〕

玩 笑☐☐ joke〔dʒok〕

苦 惱☐☐ trouble〔'trʌbḷ〕

關 心☐☐ care〔kɛr〕

恐 懼☐☐ fear〔fɪr〕

沈 默☐☐ silence〔'saɪləns〕

疾 病☐☐ illness〔'ɪlnɪs〕

毒 藥☐☐ poison〔'pɔɪzn̩〕

災 難☐☐ disaster〔dɪz'æstɚ〕

意 外☐☐ accident〔'æksədənt〕

匆 忙☐☐ rush〔rʌʃ〕

試 驗☐☐ trial〔'traɪəl〕

衝 擊☐☐ impact〔'ɪmpækt〕

發 明☐☐ invention〔ɪn'vɛnʃən〕

關 係☐☐ relation〔rɪ'leʃən〕

獎 品☐☐ prize〔praɪz〕

聲　望☐☐ **prestige**
　　　　〔ˈprɛsˈtiʒ〕

光　榮☐☐ **glory**〔ˈglɔrɪ〕

實　例☐☐ **example**〔ɪgˈzæmpḷ〕

方　法☐☐ **method**〔ˈmɛθəd〕

發　展☐☐ **evolution**
　　　　〔ˌɛvəˈluʃən〕

文　明☐☐ **civilization**
　　　　〔ˌsɪvḷaɪˈzeʃən〕

文　化☐☐ **culture**〔ˈkʌltʃɚ〕

原　因☐☐ **cause**〔kɔz〕

來　源☐☐ **source**〔sɔrs〕

和　平☐☐ **peace**〔pis〕

戰　爭☐☐ **war**〔wɔr〕

理　由☐☐ **reason**〔ˈriẓn〕

幸　運☐☐ **fortune**〔ˈfɔrtʃən〕

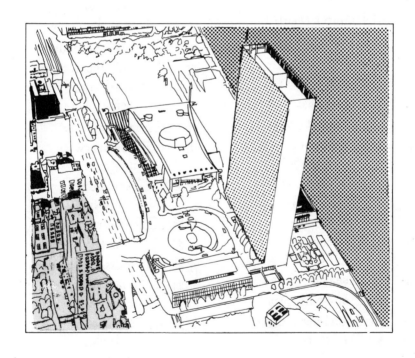

季節・月・星期・時間
Season • Month • Week • Time

月　　☐☐ **month**〔mʌnθ〕
年　　☐☐ **year**〔jɪr〕
1　月☐☐ **January**
　　　　〔'dʒænju,ɛrɪ〕
2　月☐☐ **February**
　　　　〔'fɛbru,ɛrɪ〕
3　月☐☐ **March**〔martʃ〕
4　月☐☐ **April**〔'eprəl〕
5　月☐☐ **May**〔me〕
6　月☐☐ **June**〔dʒun〕
7　月☐☐ **July**〔dʒu'laɪ〕
8　月☐☐ **August**〔'ɔgəst〕
9　月☐☐ **September**
　　　　〔sɛp'tɛmbɚ〕
10　月☐☐ **October**〔ak'tobɚ〕
11　月☐☐ **November**
　　　　〔no'vɛmbɚ〕
12　月☐☐ **December**
　　　　〔dɪ'sɛmbɚ〕
季　節☐☐ **season**〔'sizn̩〕
春　季☐☐ **spring**〔sprɪŋ〕
夏　季☐☐ **summer**〔'sʌmɚ〕
秋　季☐☐ **fall**〔fɔl〕
　　　　autumn〔'ɔtɚm〕

冬　季☐☐ **winter**〔'wɪntɚ〕
休　假☐☐ **vacation**〔ve'keʃən〕
期　間☐☐ **period**〔'pɪrɪəd〕
世　紀☐☐ **century**〔'sɛntʃərɪ〕
日　　☐☐ **day**〔de〕
每　天☐☐ **every day**
數日前☐☐ **the other day**
最　近☐☐ **(in) these days**
當　時☐☐ **(in) those days**
昨　日☐☐ **yesterday**
　　　　〔'jɛstɚ,de〕
今　日☐☐ **today**〔tə'de〕
明　日☐☐ **tomorrow**
　　　　〔tə'mɔro〕
週　末☐☐ **weekend**
　　　　〔'wik'ɛnd〕
星期日☐☐ **Sunday**〔'sʌnde〕
星期一☐☐ **Monday**〔'mʌnde〕
星期二☐☐ **Tuesday**〔'tjuzde〕
星期三☐☐ **Wednesday**
　　　　〔'wɛnzde〕
星期四☐☐ **Thursday**
　　　　〔'θɝzde〕
星期五☐☐ **Friday**〔'fraɪde〕

星期六□□ **Saturday**
〔'sætɚde〕

生　日□□ **birthday**
〔'bɝθ,de〕

假　日□□ **holiday** 〔'hɑlə,de〕

日　期□□ **date** 〔det〕

小　時□□ **hour** 〔aʊr〕

分　□□ **minute** 〔'mɪnɪt〕

瞬　間□□ **moment** 〔'momənt〕

機　會□□ **chance** 〔tʃæns〕

早　上□□ **morning** 〔'mɔrnɪŋ〕

中　午□□ **noon** 〔nun〕

下　午□□ **afternoon**
〔,æftɚ'nun〕

傍　晚□□ **evening** 〔'ivnɪŋ〕

半　夜□□ **midnight**
〔'mɪd,naɪt〕

今　晚□□ **tonight** 〔tə'naɪt〕

●趣味單字的小故事●

　　根據西方的傳說，從星期日到星期六的英文單字都跟神的名字有關。例如，Sunday和Monday的原意分別是 sun's day（屬於太陽的日子）和 moon's day（屬於月亮的日子）；Tuesday的意思是 Tiw's day，Tiw是北歐神話中的戰神，驍勇無比，曾經犧牲一隻手以制服擾亂世界的狼精；Wednesday的意思是 Woden's day，Woden是 Tiw 的父親，也是北歐衆神之父，他神通廣大，陸地、大海、山脈、樹木都是由他造出來的，衆神並因他而得到「智慧」的甘泉及「詩」的美酒。Thursday的意思是 Thor's day，Thor是雷神，手中的大鐵槌是他的正字標記。Friday的意思是 Frigg's day，Frigg是 Woden 的妻子，掌管婚姻及生育，她平日在水晶宮裏，和侍女們一起編織五彩繽紛的雲朵，對北歐人言，Friday是幸運的日子。至於所謂的 black Friday（不幸的星期五），則是因爲耶穌受難當天正是星期五的緣故。Saturday的意思是Saturn's day，Saturn是羅馬神話中的農神，掌管民生最重要的五穀雜糧。

　　此外，所謂的 blue Monday（憂鬱的星期一）及 happy Saturday（快樂的星期六），應該是工作者最佳的心理寫照，因爲星期一是一週工作的開始，而星期六是一週工作的結束。

國家・地域・自然環境
Country • Area • Nature

地　域□□ **area**〔'ɛrɪə〕

大　陸□□ **continent**
　　　　〔'kɑntənənt〕

殖民地□□ **colony**〔'kɑlənɪ〕

國　家□□ **country**
　　　　〔'kʌntrɪ〕

人　口□□ **population**
　　　　〔,pɑpjə'leʃən〕

境　界□□ **border**〔'bɔrdɚ〕

國　家□□ **nation**〔'neʃən〕

世　界□□ **world**〔wɝld〕

州　郡□□ **county**〔'kaʊntɪ〕

行政區□□ **district**〔'dɪstrɪkt〕

首　都□□ **capital**〔'kæpətl̩〕

都　市□□ **city**〔'sɪtɪ〕

城　鎮□□ **town**〔taʊn〕

鄉　村□□ **village**〔'vɪlɪdʒ〕

沙　漠□□ **desert**〔'dɛzɚt〕

陸　軍□□ **army**〔'ɑrmɪ〕

海　軍□□ **navy**〔'nevɪ〕

海　洋□□ **ocean**〔'oʃən〕

海　岸□□ **beach**〔bitʃ〕

　　　　　seashore〔'si,ʃor〕

祖　國□□ **fatherland**（較少用）
　　　　〔'fɑðɚ,lænd〕

祖　國□□ **motherland**
　　　　〔'mʌðɚ,lænd〕

國　家□□ **state**〔stet〕

獨　立□□ **independence**
　　　　〔,ɪndɪ'pɛndəns〕

王　國□□ **kingdom**
　　　　〔'kɪŋdəm〕

領　土□□ **territory**
　　　　〔'tɛrə,torɪ〕

帝　國□□ **empire**〔'ɛmpaɪr〕

邊　境□□ **frontier**
　　　　〔'frʌntɪr〕

大　河□□ **large river**

小河流□□ **stream**〔strim〕

山　脈□□ **mountain range**

山　岳□□ **mountain**
　　　　〔'maʊntn̩〕

盆　地□□ **basin**〔'besn̩〕

平　原□□ **plain**〔plen〕

山　谷□□ **valley**〔'vælɪ〕

　湖　□□ **lake**〔lek〕

沼　澤□□ **marsh**〔marʃ〕

半　島□□ **peninsula**
　　　　　〔 pə'nɪnsələ 〕

海　峽□□ **strait** 〔 stret 〕

　　　　　channel 〔'tʃænḷ 〕

　灣　□□ **bay** 〔 be 〕

　岬　□□ **cape** 〔 kep 〕

水　流□□ **current** 〔'kɝənt 〕

叢　林□□ **jungle** 〔'dʒʌŋgḷ 〕

北　極□□ **North Pole**

南　極□□ **South Pole**

熱　帶□□ **Torrid Zone**

溫　帶□□ **Temperate Zone**

寒　帶□□ **Frigid Zone**

** torrid 〔'tɔrɪd 〕 *adj.* 很熱的

　　temperate 〔'tɛmprɪt 〕 *adj.* 溫和的

　　frigid 〔'frɪdʒɪd 〕 *adj.* 嚴寒的

動物・植物 Animal・Plant

動　物☐☐ **animal**〔'ænəm!〕

　貓　☐☐ **cat**〔kæt〕

小　馬☐☐ **foal**〔fol〕

　豬　☐☐ **pig**〔pɪg〕

　鹿　☐☐ **deer**〔dɪr〕

　羊　☐☐ **sheep**〔ʃip〕

猴　子☐☐ **monkey**
　　　　　〔'mʌŋkɪ〕

老　虎☐☐ **tiger**〔'taɪgə〕

　象　☐☐ **elephant**
　　　　　〔'ɛləfənt〕

　蛇　☐☐ **snake**〔snek〕

毛　皮☐☐ **fur**〔fɝ〕

　鳥　☐☐ **bird**〔bɝd〕

　蛋　☐☐ **egg**〔ɛg〕

鴨　子☐☐ **duck**〔dʌk〕

天　鵝☐☐ **swan**〔swɑn〕

　鷹　☐☐ **hawk**〔hɔk〕

羽　毛☐☐ **feather**〔'fɛðə〕

牡　蠣☐☐ **oyster**〔'ɔɪstə〕

鱷　魚☐☐ **alligator**
　　　　　〔'ælə,getə〕
　　　　　crocodile
　　　　　〔'krɑkə,daɪl〕

美人魚☐☐ **mermaid**
　　　　　〔'mɝ,med〕

蜜　蜂☐☐ **bee**〔bi〕

蜂　蜜☐☐ **honey**〔'hʌnɪ〕

　魚　☐☐ **fish**〔fɪʃ〕

　蠶　☐☐ **silkworm**
　　　　　〔'sɪlk,wɝm〕

蜘　蛛☐☐ **spider**〔'spaɪdə〕

植　物☐☐ **plant**〔plænt〕

　花　☐☐ **flower**〔'flauə〕

　草　☐☐ **grass**〔græs〕

百合花☐☐ **lily**〔'lɪlɪ〕

玫　瑰☐☐ **rose**〔roz〕

　刺　☐☐ **thorn**〔θɔrn〕

勿忘我☐☐ **forget-me-not**

水　果☐☐ **fruit**〔frut〕

樹　木☐☐ **tree**〔tri〕

木　材☐☐ **wood**〔wud〕

灌　木☐☐ **bush**〔buʃ〕

　葉　☐☐ **leaf**〔lif〕

木　頭☐☐ **log**〔lɑg〕

木　材☐☐ **lumber**
　　　　　〔'lʌmbə〕

櫻　花□□cherry〔'tʃɛrɪ〕

常春藤□□ivy〔'aɪvɪ〕

穀　物□□grain〔gren〕

稻　草□□straw〔strɔ〕

豆　實□□bean〔bin〕

核　仁□□nut〔nʌt〕

大　麥□□barley〔'barlɪ〕

海　草□□kelp〔kɛlp〕

針葉樹□□coniferous tree
　　　　〔ko'nɪfərəs〕

落葉樹□□deciduous tree
　　　　〔dɪ'sɪdʒʊəs〕

常　綠□□evergreen
植　物　　〔'ɛvɚ,grin〕

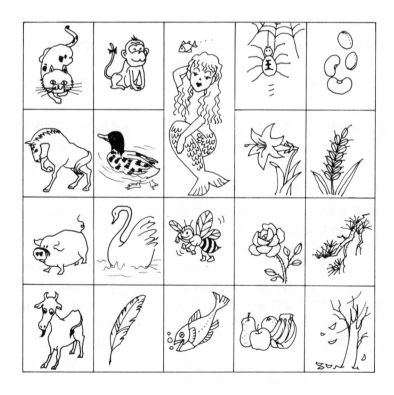

第2章
生活最常用形容詞

　　形容詞具有畫龍點睛的妙用，沒有它句子會顯得平淡無味，而運用得當則能使描述具體而爲人容易理解。要讓語言發揮應有的魅力，掌握住形容詞的特性是重要關鍵。

溫習形容詞的基本概念！

　　形容詞可分爲：1. 代名形容詞　　2. 數量形容詞　　3. 修飾形容詞

1. **代名形容詞**是由代名詞轉換而來的形容詞，包括**所有形容詞**如 my, your, his, her, its, our, their、**指示形容詞**如 this, that, these, those、**疑問形容詞**如 what, which, whose, 及**不定形容詞**如 some, any, one 等。

2. **數量形容詞**是用於表示數與量的形容詞，可分爲**不定數量形容詞**及**數詞**；前者約略地表示數的多少，如 many, much, few, little 等，後者表示一定的數目，包括基數詞如 one, two、序數詞如 first, second, 及倍數詞如 half（半），double（兩倍）等。

3. **修飾形容詞**用於敍述人或事物的性質或狀態，可再細分爲記述形容詞、物質形容詞及專有形容詞三種。
　　英文形容詞中**記述形容詞**佔最多，可歸納成兩類：
　　　(1)含有判斷（主觀性質）的形容詞，如：good, bad, kind, cruel 等。
　　　(2)純描述（客觀性質）的形容詞，如：long, short, big, small 等。
　　物質形容詞是由當作表示材料的名詞轉用而來，如 a *stony* heart（鐵石心腸）、a *silvery* voice（銀鈴似的聲音）等。
　　專有形容詞是由專有名詞轉用而來的形容詞，都用**大寫**字母起首，如 Taipei Station（台北車站）、Japanese house（日本房屋）、Platonic love（柏拉圖式的戀愛──純潔的愛）等。

　　以下就從生活中最常用的形容詞開始記憶！

◆ 大小・形狀・顏色的形容詞

size · shape

| 高 的 —— 低 的 | □□ high〔haɪ〕 | —□□ low〔lo〕 |

大 的 —— 小 的 ⎰ □□ large〔lɑrdʒ〕　　—□□ small〔smɔl〕
　　　　　　　　 ⎱ □□ big〔bɪg〕　　　—□□ little〔'lɪtl̩〕

長 的 —— 短 的	□□ long〔lɔŋ〕	—□□ short〔ʃɔrt〕
高 的 —— 矮 的	□□ tall〔tɔl〕	—□□ short〔ʃɔrt〕
瘦 的 —— 胖 的	□□ thin〔θɪn〕	—□□ fat〔fæt〕
狹窄的 —— 寬 的	□□ narrow〔'næro〕	—□□ wide〔waɪd〕
彎 的 —— 直 的	□□ crooked〔'krʊkɪd〕	—□□ straight〔stret〕
巨 大 —— 微 小	□□ huge〔hjudʒ〕	—□□ tiny〔'taɪnɪ〕
均勻的 —— 不平的	□□ equal〔'ikwəl〕	—□□ rugged〔'rʌgɪd〕
圓形的 —— 直線的	□□ circular〔'sɝkjələ〕	—□□ straight〔stret〕
方 的 —— 圓 的	□□ square〔skwɛr〕	—□□ round〔raʊnd〕

colors

紅　色□□ red〔rɛd〕

藍　色□□ blue〔blu〕

棕　色□□ brown〔braʊn〕

綠　色□□ green〔grin〕

橘紅色□□ orange〔'ɔrɪndʒ〕

粉紅色□□ pink〔pɪnk〕

黑　色□□ black〔blæk〕

灰　色□□ gray〔gre〕

白　色□□ white〔hwaɪt〕

黃　色□□ yellow〔'jɛlo〕

紫　色□□ purple〔'pɝpl̩〕

藍紫色□□ violet〔'vaɪəlɪt〕

靛青色□□ indigo〔'ɪndɪ,go〕

淡藍色□□ pale blue
　　　　〔pel〕〔blu〕

亮茶色□□ light brown
　　　　〔laɪt〕〔braʊn〕

五　光□□ gay〔ge〕
十色的

鮮明的□□ vivid〔'vɪvɪd〕

加牛奶□□ white　coffee
的咖啡　〔hwaɪt〕〔'kɔfɪ〕

◆ *描述狀態形容詞*

美好的□□**good**〔gʊd〕
　　　　nice〔naɪs〕

更好的□□**better**〔'bɛtɚ〕

很　好□□**well**〔wɛl〕

最好的□□**best**〔bɛst〕

不好的□□**bad**〔bæd〕

生病的□□**sick**〔sɪk〕

蒼白的□□**pale**〔pel〕

美味的□□**delicious**
　　　　　〔dɪ'lɪʃəs〕

最喜愛□□**favorite**
的　　　　〔'fevərɪt〕

可愛的□□**cute**〔kjut〕

愚笨的□□**foolish**〔'fulɪʃ〕

瘋狂的□□**crazy**〔'krezɪ〕

溫和的□□**gentle**〔'dʒɛntl̩〕

禮貌的□□**polite**〔pə'laɪt〕

野　的□□**wild**〔waɪld〕

仁慈的□□**kind**〔kaɪnd〕

老　的□□**old**〔old〕

新　的□□**new**〔nju〕

年輕的□□**young**〔jʌŋ〕

富有的□□**rich**〔rɪtʃ〕

強壯的□□**strong**〔strɔŋ〕

有力的□□**powerful**
　　　　　〔'paʊəfəl〕

衰弱的□□**weak**〔wik〕

微弱的□□**faint**〔fent〕

死　的□□**dead**〔dɛd〕

幸運的□□**lucky**〔'lʌkɪ〕

快樂的□□**merry**〔'mɛrɪ〕

高興的□□**cheerful**
　　　　　〔'tʃɪrfəl〕

孤獨的□□**lonely**〔'lonlɪ〕

飢餓的□□**hungry**〔'hʌŋgrɪ〕

口渴的□□**thirsty**〔'θɝstɪ〕

欲睡的□□**sleepy**〔'slipɪ〕

瞎眼的□□**blind**〔'blaɪnd〕

生氣的□□**angry**〔'æŋgrɪ〕

興奮的□□**excited**〔ɪk'saɪtɪd〕

大聲的□□**loud**〔laʊd〕

容易的□□**easy**〔'izɪ〕

困難的□□**hard**〔hɑrd〕

不可能□□**impossible**
的　　　　〔ɪm'pɑsəbl̩〕

必要的□□**necessary**
　　　　　〔'nɛsə,sɛrɪ〕

重要的□□**important**
　　　　　〔ɪm'pɔrtənt〕

有用的□□**useful**〔'jusfəl〕

成功的□□**successful**
　　　　　〔sək'sɛsfəl〕

職業的□□**professional**
　　　　　〔prə'fɛʃənl̩〕

神奇的☐☐ **wonderful**
　　　　〔'wʌndəfəl〕

驚奇的☐☐ **amazing**
　　　　〔ə'mezɪŋ〕

有趣的☐☐ **funny**〔'fʌnɪ〕

奇怪的☐☐ **strange**
　　　　〔strendʒ〕

特有的☐☐ **particular**
　　　　〔pə'tɪkjələ〕

特別的☐☐ **special**〔'spɛʃəl〕

平常的☐☐ **ordinary**
　　　　〔'ɔrdnɛrɪ〕

通俗的☐☐ **common**〔'kamən〕

類似的☐☐ **similar**〔'sɪmələ〕

通常的☐☐ **usual**〔'juʒʊəl〕

平等的☐☐ **equal**〔'ikwəl〕

公平的☐☐ **fair**〔fɛr〕

便宜的☐☐ **cheap**〔tʃip〕

昂貴的☐☐ **expensive**
　　　　〔ɪks'pɛnsɪv〕

安全的☐☐ **safe**〔sef〕

危險的☐☐ **dangerous**
　　　　〔'dendʒərəs〕

眞實的☐☐ **true**〔tru〕

眞正的☐☐ **real**〔'rɪəl〕

外國的☐☐ **foreign**〔'fɑrɪn〕

有名的☐☐ **famous**〔'feməs〕

　　　　well-known
　　　　〔'wɛl'non〕

受歡迎☐☐ **popular**
的　　　〔'papjələ〕

通俗的☐☐ **pop**〔pap〕

秘密的☐☐ **secret**〔'sikrɪt〕

音樂的☐☐ **musical**
　　　　〔'mjuzɪkl̩〕

電　的☐☐ **electric**
　　　　〔ɪ'lɛktrɪk〕

原子的☐☐ **atomic**
　　　　〔ə'tamɪk〕

人類的☐☐ **human**〔'hjumən〕

和平的☐☐ **peaceful**
　　　　〔'pisfəl〕

國際的☐☐ **international**
　　　　〔ˌɪntə'næʃənl̩〕

現代的☐☐ **modern**〔'madən〕

成長的☐☐ **grown-up**
　　　　〔'gron'ʌp〕

年少的☐☐ **junior**〔'dʒunjə〕

自然的☐☐ **natural**
　　　　〔'nætʃərəl〕

最後的☐☐ **last**〔læst〕

最後的☐☐ **finally**〔'faɪnl̩ɪ〕

自己的☐☐ **own**〔on〕

東方的☐☐ **eastern**
　　　　〔'istən〕

西方的☐☐ **western**
　　　　〔'wɛstən〕

每日的☐☐ **daily**〔'delɪ〕

◈ 常與介系詞連用的形容詞

能夠的 □□ **able**〔'ebḷ〕
    （be able to～）

恐懼的 □□ **afraid**〔ə'fred〕
    （be afraid of～）

喜好的 □□ **fond**〔fɑnd〕
    （be fond of～）

滿　的 □□ **full**〔fʊl〕
    （be full of～）

喜愛的 □□ **glad**〔glæd〕
    （be glad to～）

願意的 □□ **ready**〔'rɛdɪ〕
    （be ready to～）

難過的 □□ **sorry**〔'sɑrɪ〕
    （be sorry to～）

確定的 □□ **sure**〔ʃʊr〕
    （be sure to～）

疲倦的 □□ **tired**〔taɪrd〕
    （be tired with～）

得意的 □□ **proud**〔praʊd〕
    （be proud of～）

可能的 □□ **possible**〔'pɑsəbḷ〕
    （be possible to～）

察覺的 □□ **aware**〔ə'wɛr〕
    （be aware of～）

◈ 容易用錯的形容詞

1.
 - **human** 人類的〔'hjumən〕
 - **humane** 人道的〔hju'men〕

2.
 - **honorable** 值得尊敬的〔'ɑnərəbḷ〕
 - **honorary** 名譽職的〔'ɑnə,rɛrɪ〕

3.
 - **social** 社會上的〔'soʃəl〕
 - **sociable** 愛交際的〔'soʃəbḷ〕

4.
 - **economic** 經濟上的〔ikə'nɑmɪk〕
 - **economical** 節儉的〔ikə'nɑmɪkl〕

5.
 - **invaluable** 無價的〔ɪn'væljəbḷ〕
 - **valueless** 無價值的〔'væljʊlɪs〕

6.
 - **disinterested** 公正無私的〔dɪs'ɪntrɪstɪd〕
 - **uninterested** 不關心的〔ʌn'ɪntrɪstɪd〕

◆ 描述狀態的形容詞及其反義字

開　的──關　的	☐☐ open〔'opən〕	──	☐☐ closed〔klozd〕
左　的──右　的	☐☐ left〔lɛft〕	──	☐☐ right〔raɪt〕
厚　的──薄　的	☐☐ thick〔θɪk〕	──	☐☐ thin〔θɪn〕
輕　的──重　的	☐☐ light〔laɪt〕	──	☐☐ heavy〔'hɛvɪ〕
乾　淨──骯　髒	☐☐ clean〔klin〕	──	☐☐ dirty〔'dɝtɪ〕
內　部──外　部	☐☐ inside〔'ɪn'saɪd〕	──	☐☐ outside〔'aut'saɪd〕
富　有──貧　窮	☐☐ wealthy〔'wɛlθɪ〕	──	☐☐ poor〔pʊr〕
舒服的──不舒服的	☐☐ comfortable〔'kʌmfətəbl̩〕	──	☐☐ uncomfortable〔ʌn'kʌmfətəbl̩〕
粗　的──平　的	☐☐ rough〔rʌf〕	──	☐☐ smooth〔smuð〕
慢　的──快　的	☐☐ slow〔slo〕	──	☐☐ fast〔fæst〕
濕　的──乾　的	☐☐ wet〔wɛt〕	──	☐☐ dry〔draɪ〕
甜　的──酸　的	☐☐ sweet〔swit〕	──	☐☐ sour〔saʊr〕
深　的──淺　的	☐☐ deep〔dip〕	──	☐☐ shallow〔'ʃælo〕
鈍　的──銳　利	☐☐ dull〔dʌl〕	──	☐☐ sharp〔ʃɑrp〕
優越的──惡劣的	☐☐ excellent〔'ɛksələnt〕	──	☐☐ terrible〔'tɛrəbl̩〕
遠　的──近　的	☐☐ distant〔'dɪstənt〕	──	☐☐ close〔klos〕
正　確──錯　誤	☐☐ right〔raɪt〕	──	☐☐ wrong〔rɔŋ〕
容　易──困　難	☐☐ easy〔'izɪ〕	──	☐☐ difficult〔'dɪfə,kʌlt〕
複　雜──簡　單	☐☐ complex〔kəm'plɛks〕	──	☐☐ simple〔'sɪmpl̩〕

硬　的——軟　的	hard〔hɑrd〕	—	soft〔sɔft〕
生　的——煮過的	raw〔rɔ〕	—	cooked〔kʊkt〕
安　全——危　險	safe〔sef〕	—	dangerous〔'dendʒərəs〕
主要的——次要的	major〔'medʒɚ〕	—	minor〔'mainɚ〕
安　靜——吵　鬧	quiet〔'kwaiət〕	—	noisy〔'nɔizi〕
忙　的——不忙的	busy〔'bizi〕	—	free〔fri〕
多話的——安靜的	talkative〔'tɔkətiv〕	—	quiet〔'kwaiət〕
有創造力的——缺乏想像力的	creative〔kri'etiv〕	—	unimaginative〔‚ʌni'mædʒinətiv〕
小心的——粗心的	careful〔'kɛrfəl〕	—	careless〔'kɛrlis〕
悠哉的——生氣的	easygoing〔'izi'goiŋ〕	—	uptight〔'ʌp‚tait〕
熱心的——漠不關心的	enthusiastic〔in‚θjuzi'æstik〕	—	indifferent〔in'difərənt〕
老練的——笨拙的	sophisticated〔sə'fisti‚ketid〕	—	awkward〔'ɔkwɚd〕
自信的——害羞的	confident〔'kɑnfədənt〕	—	shy〔ʃai〕
神經質的——鬆弛的	nervous〔'nɝvəs〕	—	relaxed〔ri'lækst〕
有趣的——嚴重的	funny〔'fʌni〕	—	serious〔'siriəs〕
有趣的——無聊的	interesting〔'intristiŋ〕	—	boring〔'boriŋ〕
美麗的——醜陋的	beautiful〔'bjutəfəl〕	—	ugly〔'ʌgli〕
友善的——冷漠的	friendly〔'frɛndli〕	—	cold〔kold〕

中文	英文1	英文2
聰明的——愚笨的	clever〔ˈklɛvɚ〕	stupid〔ˈstjupɪd〕
勤勉的——懶惰的	industrious〔ɪnˈdʌstrɪəs〕	lazy〔ˈlezɪ〕
快樂的——難過的	happy〔ˈhæpɪ〕	sad〔sæd〕 unhappy〔ʌnˈhæpɪ〕
智慧的——無知的	wise〔waɪz〕	unwise〔ʌnˈwaɪz〕
親切的——不親切的	kind〔kaɪnd〕	unkind〔ʌnˈkaɪnd〕
誠實的——不誠實的	honest〔ˈɑnɪst〕	dishonest〔dɪsˈɑnɪst〕
主動的——被動的	active〔ˈæktɪv〕	passive〔ˈpæsɪv〕
確定的——不確定的	certain〔ˈsɝtn̩〕	uncertain〔ʌnˈsɝtn̩〕
機警的——不覺察的	aware〔əˈwɛr〕	unaware〔ˌʌnəˈwɛr〕
勇敢的——膽小的	brave〔brev〕	coward〔ˈkauɚd〕
足夠的——不足的	enough〔ɪˈnʌf〕	insufficient〔ˌɪnsəˈfɪʃənt〕
有名的——無名的	famous〔ˈfeməs〕	unknown〔ʌnˈnon〕
溫和的——嚴格的	gentle〔ˈdʒɛntl̩〕	severe〔səˈvɪr〕
醒著的——睡著的	awake〔əˈwek〕	asleep〔əˈslip〕
強有力的——無力的	powerful〔ˈpauɚfəl〕	powerless〔ˈpauɚlɪs〕
有禮貌的——無禮貌的	polite〔pəˈlaɪt〕	impolite〔ˌɪmplˈlaɪt〕
謙虛的——驕傲的	humble〔ˈhʌmbl̩〕	proud〔praud〕
好奇的——漠不關心的	curious〔ˈkjʊrɪəs〕	indifferent〔ɪnˈdɪfərənt〕

●趣味單字小常識●

以下專有形容詞含有特別意思。

French leave 不告而別

French crown 禿頭

French window 落地窗

French toast 以牛乳雞蛋炸出之土司

Indian file 縱隊

Indian summer 秋老虎；返老還童

Indian gift 期待還禮之贈品

Irish promotion 愛爾蘭式的陞遷（表降級）

Irish potato 白馬鈴薯（以別於 sweet potato 甘薯）

Dutch comfort* 烈酒，不令人感激的安慰

Dutch treat（party） 各自付帳（的宴會）

Dutch uncle 嘮叨的老人

Dutch courage 虛勇

* 英國和荷蘭早期因海外殖民地之爭，經常發生戰爭，英國人就造了許多話，來諷刺荷蘭人。長久使用之下，就成了各含特別意義的慣用語了。

第**3**章

生活最常用動詞

溫習動詞的基本概念！

動詞是表狀態或動作的字，可分為 1. be 動詞　2. 一般動詞　3. 助動詞。其三種主要的形態為原形、過去式與過去分詞。

1. **原形**：是動詞的基本形態，有下列四種用途：
   (1) 作現在式。　　　　　　　　(2) 冠上 to 作不定詞。
   (3) 和 do, shall, will, can, may, must 等助動詞相結合。
   (4) 字尾加 - ing 作現在分詞或動名詞。
2. **過去式**：用來作過去式。
3. **過去分詞**：此一形態有以下兩種用法：
   (1) 和助動詞 have 相結合作完成式。
   (2) 和助動詞 be 相結合作被動語態。

be 動詞的原形是 be，現在式是 am, are, is，過去式是 was, were，過去分詞是 been，現在分詞是 being。

一般動詞的原形就是非第三人稱單數的現在式，如 play，第三人稱單數現在式的形成，與單數名詞形成複數形的方法相同（詳見本書 p.3），如 plays。過去式與過去分詞可分為規則變化與不規則變化兩種，其中大部份只須在原形的字尾加 - ed（詳見文法寶典 p.285）。

助動詞是協助本動詞形成動詞片語而表示時式、語態、疑問、否定等的動詞。英文中有十二個助動詞：be, have, do, shall, will, can, may, must, ought (to), need, dare, used to。除 be, have, do 外，其他助動詞沒有不定詞、現在分詞、過去分詞、動名詞等形式。

動詞排列的順序在疑問句中是：$\boxed{\text{Be 動詞＋主詞＋～？}}$ 、 $\boxed{\text{助動詞＋主}}$ $\boxed{\text{詞＋動詞原形＋～？}}$ ；在否定句中是：$\boxed{\text{主詞＋be 動詞＋not＋～.}}$ 、 $\boxed{\text{主詞＋}}$ $\boxed{\text{助動詞＋not＋動詞原形＋～.}}$ 。

以下就從生活中最常用的動詞開始記憶！

❖表語言溝通的動詞

☐☐ **answer**〔'ænsɚ〕①回答②適應；符合③有反應
　　　to answer back　回嘴
　　　to answer the door　應門
　　　to answer the purpose　適用
　　　to answer to　反應

☐☐ **ask**〔æsk〕①詢問②請求③要求④邀請
　　　to ask about　查詢
　　　to ask for　請求
　　　to ask away　要求除去
　　　to ask out　邀請外出

☐☐ **call**〔kɔl〕①叫②訪問③要求④命令
　　　to call a person names　罵人
　　　to call at ＋地方　　to call on＋人　訪問
　　　to call for　請求
　　　to call back　召回

☐☐ **appeal**〔ə'pil〕①求助②訴諸③引起興趣
　　　to appeal for aid　求助
　　　to appeal to force　訴諸武力
　　　to appeal to the country　訴諸國民全體
　　　appeal to ＋人　引起（某人）興趣

☐☐ **say**〔se〕①說②言
　　　as much as to say　好像是說…一樣
　　　It is said　據說
　　　that is to say　換言之
　　　to say nothing of　更不待言

☐☐ **tell**〔tɛl〕①說②告知③顯示④洩露
　　there's no telling　不可知
　　to tell of　顯示
　　to tell of　提及
　　to tell tales　洩露秘密

☐☐ **speak**〔spik〕①說②代表③演說
　　nothing to speak of　不值一述
　　so to speak　可以說
　　to speak for　代表
　　to speak extempore　卽席演說

☐☐ **talk**〔tɔk〕①勸使②談話③討論
　　to talk around　勸…回心轉意
　　to talk out　談個明白
　　to talk of　提及
　　to talk over a matter　討論一件事

☐☐ **announce**〔ə'naʊns〕①發表②通知③顯示
　　to announce a lecture series　發表一系列演講
　　to announce dinner　通知開宴
　　to announce guests　通知客到
　　to announce oneself as　自稱爲

☐☐ **repeat**〔rɪ'pit〕①重複②覆述③重說
　　to repeat a mistake　重犯錯誤
　　to repeat itself　重現
　　to repeat oneself　覆述
　　please repeat that　請再說一遍

☐☐ **report** 〔rɪˈport〕①報告②報到

to report one's progress 報告進度

to report out 將法案提交大會並附審查報告

to report oneself 報到；到職

☐☐ **insist** 〔ɪnˈsɪst〕①強調②堅持③主張

to insist on the importance of being punctual

強調守時的重要

to insist on 堅持

to insist on one's innocence 主張某人無罪

☐☐ **demand** 〔dɪˈmænd〕①要求②查詢③需要

to demand an apology from someone 要求某人道歉

to demand one's name and address

查詢某人的姓名和住址

in great demand 需要甚殷

on demand 來取卽付

☐☐ **respond** 〔rɪˈspɑnd〕①回答②回應③負責

to respond briefly to a question 簡短地回答一問題

to respond with a kick 回踢一腳

to respond to kindness 感恩

to respond in damage 對損失負責

☐☐ **discuss** 〔dɪˈskʌs〕①討論②商議③品嚐

to discuss a problem 討論一問題

to discuss the possibility of 商議～的可能性

to discuss a bottle of wine 品嚐一瓶酒

◆表遷移的動詞

☐☐ **arrive**〔ə'raɪv〕①抵達②達成③成功

　　　to arrive on the scene　抵達現場

　　　to arrive in Taipei　抵達台北

　　　to arrive at　達成

　　　a genius who had never arrived　一個終生未成名的天才

☐☐ **come**〔kʌm〕①來②發生③到

　　　to come this way　向這裏來

　　　to come about　發生

　　　to come what may　無論有何變化

　　　to come back　回來

☐☐ **go**〔go〕①走②離去③有助於

　　　to go away　走開

　　　to go out　外出

　　　that goes to prove that　那可以證明

　　　as things go　就一般情形而言

☐☐ **invite**〔ɪn'vaɪt〕①邀請②懇請③引起

　　　to invite sb to have dinner　邀請某人一道吃晚餐

　　　to invite sb to the wedding　邀請某人參加婚禮

　　　to invite to express opinions　懇請表示意見

　　　to invite some questions　引起某種問題

☐☐ **leave**〔liv〕①留置②忘記③聽任④離去

　　　to leave room for　留出空位讓給

　　　to leave out　遺漏

　　　to leave alone　別管

　　　to leave school　畢業

□□ **reach** 〔ritʃ〕①伸展②伸手③達
    to reach out　伸展
    to reach into　以手伸進
    to reach out a helping hand　助一臂之力
    to reach the extent　到達極限

□□ **start** 〔stɑrt〕①動身②開始③驚起
    start off　起程
    start out　開始；著手
    to start with　首先
    to start to one's feet　突然站起

□□ **meet** 〔mit〕①遇②與…接觸③滿足④付
    to meet up with　偶遇
    to meet the eye　爲人所看見
    to meet a person's wishes　滿足某人的願望
    to make both ends meet　使收支相抵

□□ **enter** 〔'ɛntɚ〕①加入②開始③著手④報名參加
    to enter the army　當兵
    to enter upon　開始
    to enter into　著手研究
    to enter oneself for　報名參加

□□ **return** 〔rɪ'tɝn〕①回②歸③報答
    to return home　回家
    to return to one's work　復行任事
    to return evil for good　以怨報德
    to return back　答酬

bring 〔brɪŋ〕①帶來②使③引來

    to bring down the house　博得滿堂喝采

    to bring back　使回憶

    to bring home to　使明瞭

    to bring about　致使

carry 〔'kærɪ〕①攜帶②獲得；勝③延續

    to carry off　强行帶走

    to carry off the bell　獲得錦標

    to carry off a prize　得勝

    to carry through　連續

cross 〔krɔs〕①十字形②苦難③橫過

    to cross oneself　（用右手）在胸前劃十字

    to cross one's fingers　交叉手指；求神保佑一切順利

    to bear one's cross　忍受苦難

    to cross one's mind　想起

run 〔rʌn〕①跑②逃③經營

    to run after　追逐

    to run away　逃走

    to run about　到處亂跑

    to run a business　經營店鋪

send 〔sɛnd〕①遣②送③發出

    to send for　延請

    to send off　送貨

    to send on　轉送（寄）

    to send word　通知

□□ **take**〔tek〕①拿②採用③記錄④移去
　　　to take away　拿走
　　　to take advantage of　利用
　　　to take down　記錄
　　　to take back　撤銷

□□ **walk**〔wɔk〕①步行②漫遊③行動
　　　to walk the streets　在街頭行走
　　　to walk the floor　在屋子裏來回踱步
　　　to walk over　輕易地打敗
　　　to walk out　罷工

□□ **move**〔muv〕①搬移②移居③採取行動④請求
　　　to move house　搬家
　　　to move in　遷入
　　　to move in on　向…進攻
　　　to move for　懇求

□□ **pass**〔pæs〕①經過②發生③死④被忽略
　　　to pass by　經過
　　　to come to pass　發生
　　　to pass away　死去
　　　to pass over　忽視

□□ **depart**〔dɪ'pɑrt〕①離開②出發③違反
　　　to depart at 1:00　一點離開
　　　to depart from one's home　從家裏出發
　　　to depart for America　前往美國
　　　to depart from a rule　違規

◆表日常生活動作的動詞

☐☐ **buy**〔baɪ〕①買②賄賂③全買

　　　to buy in　買進

　　　to buy on credit　賒帳

　　　to buy off　賄賂

　　　to buy over　收買

☐☐ **drink**〔drɪŋk〕①飲②吸收③舉杯祝賀

　　　to drink deep　大量的飲酒

　　　to drink hard　痛飲

　　　to drink in　吸入

　　　to drink to one's health　舉杯祝賀

☐☐ **drive**〔draɪv〕①驅使②駕駛③盡力完成

　　　to drive a person into a corner　難倒某人

　　　to drive at　用意何在

　　　to drive on　繼續進行

　　　to drive away at　努力做

☐☐ **eat**〔it〕①吃②食③侵蝕

　　　to eat one out of house and home　將某人吃窮

　　　to eat one's words　食言

　　　to eat up　食盡

　　　to eat away　侵蝕

☐☐ **lend**〔lɛnd〕①借出②借與③使適合於

　　　to lend out　（把書）借出

　　　to lend a hand　幫助

　　　to lend oneself to　協助

　　　to lend itself to　適合

□□ **live**〔lɪv〕①活②生活③繼續活
　　　to live by　賴…為生
　　　to live it up　享受人生
　　　to live on the square　規規矩矩生活
　　　to live on　繼續活著

□□ **make**〔mek〕①做②致使③組成
　　　to make a go of　做成功
　　　to make a match　使結婚
　　　to make sure　確信
　　　be made up of　組成

□□ **play**〔ple〕①玩②扮演③利用④假裝
　　　to play with fire　玩火；做危險之事
　　　to play a part　扮演一角色
　　　to play on　利用
　　　to play at　假裝

□□ **read**〔rid〕①閱讀②研究③解釋
　　　to read over　讀一遍
　　　to read a subject up　對某科目作特殊研究
　　　to read between the lines　尋言外之意
　　　to read into　加以解釋

□□ **ride**〔raɪd〕①乘坐②前進③克服
　　　to ride down　騎馬追擊
　　　to ride high　做事成功
　　　to ride roughshod over　擊敗
　　　to ride for a fall　自討苦吃

☐☐ **shut**〔ʃʌt〕①關②幽禁③拒

    to shut down　關閉

    to shut off　遮斷

    to shut one's mind to　死不答應

    to shut one's teeth　咬緊牙關

☐☐ **sing**〔sɪŋ〕①歌唱②歌頌③叫；喊

    to sing up　更用力唱

    to sing one's praises　歌頌某人

    to sing out　大聲喊出

    to sing the blues　打抱不平

☐☐ **sit**〔sɪt〕①坐②適合③開會

    to sit down　坐下

    to sit straight　挺身直坐

    to sit pretty　適意

    to sit in　參加（會議等）

☐☐ **sleep**〔slip〕①睡②供給住宿③死；長眠

    to sleep away　在睡眠中消磨

    to sleep like a top　睡得很熟

    to sleep out　離家外宿

    to sleep in the grave　在墓中長眠；死

☐☐ **stand**〔stænd〕①站立②位於③忍耐

    to stand at attention　立正

    to stand a chance　有機會

    to stand by　旁觀

    to stand for　容忍

☐☐ **wait** 〔wet〕①等候②伺候③謁見

  to wait a moment　等一會兒

  to wait at table　侍候宴席

  to wait on　謁見

  to wait up　不睡

☐☐ **wash** 〔wɑʃ〕①洗②洗清③使濕

  to wash down　沖洗

  to wash off　洗淨

  to wash out　洗滌

  to be washed out　疲倦

☐☐ **write** 〔raɪt〕①寫②著述③以文字表達

  to write down　記錄

  to write out　謄寫

  to write up　記述

  to write in water　不能久傳

☐☐ **bow** 〔baʊ〕①鞠躬②壓彎③屈服

  to bow and scrape　過於客氣

  to bow down　壓彎

  to make one's bow　做初次公演

  to take a bow　上前謝幕

☐☐ **cook** 〔kʊk〕①烹調②竄改③破壞

  to cook well　容易煮、燒

  to cook accounts　虛報帳目

  to cook up　捏造

  to cook one's goose　使某人絕望

◆表感官反應的動詞

☐☐ **find** 〔faɪnd〕①發現②得知③判定④供給

　　　to find a person in　發現某人在家

　　　to find oneself　自知

　　　to find fault with　批評

　　　to find oneself in　供給

☐☐ **hear** 〔hɪr〕①聽見②注意聽③應許④得到消息

　　　to hear out　聽到底

　　　to hear a person's explanation　傾聽某人解釋

　　　will not hear of it　不許

　　　to hear from　收到某人的信件或消息

☐☐ **look** 〔lʊk〕①看②尋找③注意④視察

　　　to look after　照料

　　　to look for　尋找

　　　to look at　注視

　　　to look into　調查

☐☐ **see** 〔si〕①看②發現③注意

　　　to see after　照顧

　　　to see into　調查

　　　to see about　注意

　　　to see somebody off　送行

☐☐ **feel** 〔fil〕①摸摸看②感覺③摸試

　　　to feel at　用手摸摸看

　　　to feel one's way　摸索著走

　　　to feel an interest in　對…感覺興趣

　　　to feel out　探明

□□ **notice** 〔'notɪs〕①注意②通知③公示

    to take notice　注意

    to serve notice　通知

    to take notice of　款待

    to sit up and take notice　病況轉佳

□□ **taste** 〔test〕①品嘗②體驗③領略

    to taste of　嘗到

    to the king's taste　非常令人滿意

    to one's taste　中意

    to taste blood　因擊敗敵人而快樂

□□ **watch** 〔wɑtʃ〕①注視②警戒③看管

    to watch out　監視

    to keep watch over　值班；監視

    to watch it　當心

    to watch out　小心

□□ **smell** 〔smɛl〕①聞②察覺③發出氣味

    to smell a rat　懷疑其中有詭詐

    to smell round　到處打聽消息

    to smell out　察覺

    to smell up　使充滿難聞的氣味

□□ **touch** 〔tʌtʃ〕①觸摸②碰及③達到

    to touch bottom　達到最惡劣的狀況

    to touch off　觸發

    to touch up　修整

    to touch the spot　正中下懷

◆ 表變化的動詞

☐☐ **fall**〔fɔl〕①落下②倒下③走入歧途
　　　to fall away　減少
　　　to fall behind　落後
　　　to fall down on　失敗
　　　to fall in　排隊

☐☐ **grow**〔gro〕①生長②發育③逐漸
　　　to grow into　長得夠大
　　　to grow up　長大
　　　to grow out of　長得太高大
　　　to grow on　對…逐漸增加效力或影響

☐☐ **rise**〔raɪz〕①立起②漸高③起源
　　　to rise to one's feet　站起來
　　　to rise and fall　隨波上下
　　　to give rise to　引起
　　　to get a rise out of　激怒

☐☐ **turn**〔tɜn〕①移轉②改變③變為
　　　to turn about　向後轉
　　　to turn aside　轉變方向
　　　to turn color　變色
　　　to turn a person's head　使人困惑

☐☐ **change**〔tʃendʒ〕①變更②替換③更換
　　　to change color　變色
　　　to change over　改變
　　　to change one's mind　改變主意
　　　to change trains　換火車

☐☐ **drop**〔drɑp〕①滴②下降③投進
　　drop by drop 一滴一滴地
　　to drop behind 落伍
　　to drop away 離開
　　to drop in 偶然遇訪

☐☐ **stop**〔stɑp〕①停止②填塞③妨礙
　　to stop by 中途作短暫訪問
　　to stop over 中途下車
　　to stop up 填塞
　　to stop the way 阻礙進行

☐☐ **vary**〔'vɛrɪ〕①改變②變化③不同
　　to vary one's diet 改變飲食
　　to vary with 跟著～變化
　　to vary directly as 和～成正比例變化
　　to vary inversely as 和～成反比例變化

☐☐ **become**〔bɪ'kʌm〕①變成②成為③適合
　　to become rich 變得富有
　　to become a teacher 成為老師
　　to become of 遭遇
　　A white dress becomes her. 白色的衣服適合於她。

☐☐ **increase**〔ɪn'kris〕①增加②增多③增大
　　to increase speed 增加速度
　　to increase in wealth 逐漸富足
　　to increase with 隨～增加

◆ *表感覺的動詞*

☐☐　**like**〔laɪk〕①喜歡②想要③感覺
　　　　as you like　如你所好
　　　　if you like　如果你願意
　　　　nothing like　差得很遠
　　　　something like　差不多

☐☐　**worry**〔'wɝɪ〕①困擾②使痛苦③艱苦前進
　　　　to worry out　苦思至獲得答案
　　　　to worry along　辛苦度過
　　　　to worry through　終於成功
　　　　I should worry!　那倒很好！

☐☐　**doubt**〔daʊt〕①懷疑②不信③疑慮
　　　　beyond doubt　無疑地
　　　　in doubt　未確定的
　　　　to give a person the benefit of the doubt　假定其無罪
　　　　without doubt　毫無問題

☐☐　**concern**〔kən'sɝn〕①關涉②關心③利害
　　　　as far as … is concerned　關於
　　　　as concerns　關於
　　　　to concern oneself　關心

☐☐　**think**〔θɪŋk〕①思考②想③考慮
　　　　to think of　思索
　　　　to think out　想出
　　　　to think over　仔細考慮
　　　　to think twice　再三考慮

□□ **believe** 〔 bɪˈliv〕①信②信仰③以為

    to believe in 信任

    to believe on 信仰

    to believe one's eyes 信其親眼之所見

    to make believe 假裝

□□ **depend** 〔 dɪˈpɛnd〕①依靠②依賴③懸掛

    to depend on 依靠

    to depend of 依賴於

    to depend upon it 無疑地

    to depend from 懸掛於

□□ **respect** 〔 rɪˈspɛkt〕①尊敬②考慮③遵守④歧視

    to respect oneself 尊重自己

    with respect to 顧慮到

    to respect the law 遵守法律

    to respect the person 以貌取人

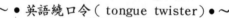

● 英語繞口令（ tongue twister ）●

1. The sinking steamer sunk.
   往下沉的輪船沉沒了。

2. Sally sells swell sweaters.
   莎莉賣漂亮的毛衣。

3. She sells seashells by the seashore.
   她在海邊賣貝殼。

4. Does the wristwatch shop shut soon?
   錶店馬上要關門嗎？

◆天天用得到的動詞

☐☐ **forget**〔fəˈgɛt〕①忘記②忽略
　　to forget about　忘記
　　to forget and forgive　不念舊惡
　　to forget oneself　忘形

☐☐ **know**〔no〕①知道②認識③辨識出
　　to know about　知道
　　to be known to　爲…所熟知
　　to know somebody by name　僅知其名
　　to know this from that　辨得清楚

☐☐ **direct**〔dəˈrɛkt〕①指導②管理③把(注意)集中於
　　as directed　依照指導
　　directed economy　管制經濟
　　to direct one's attention to　使某人注意

☐☐ **understand**〔͵ʌndəˈstænd〕①了解②懂③聞知
　　to understand one another　互相了解
　　to make oneself understood　使人了解自己的話
　　to give a person to understand(that …)　通知某人

☐☐ **try**〔traɪ〕①嘗試②試驗③勉力
　　to try on　試穿(衣服等)
　　to try out　徹底試驗
　　to try conclusions with　與…一決勝負
　　to try one's best　盡最大的努力

☐☐ **work**〔wɝk〕①工作②做事③奮力行進④漸漸變爲
　　to work on　繼續工作
　　to work at　從事於
　　to work one's will　完成了自己的目標
　　to work up　漸漸造成

☐☐ **fight**〔faɪt〕①抵抗②戰鬥③與…作戰
　　to fight back　抵抗
　　to fight for　為…而戰
　　to fight tooth and nail　徹底地打
　　to fight hand to hand　短兵相接

☐☐ **hold**〔hold〕①抑制②堅守③保持
　　to hold back　克制
　　to hold in　壓抑
　　to hold one to something　堅持令…履行諾言
　　to hold one's peace　保持靜默

☐☐ **keep**〔kip〕①保持②遵守③繼續遵循
　　to keep in touch with　與…保持聯繫
　　to keep one's head　保持冷靜
　　to keep to　遵奉
　　to keep up on　繼續注意

☐☐ **lie**〔laɪ〕①臥②躺③說謊
　　to lie back　依靠椅背而仰臥
　　to lie in　睡懶覺
　　to lie up　臥床不起
　　to lie in one's throat　說大謊

☐☐ **stay**〔ste〕①留②暫居③持久
　　to stay in　留在家裏
　　to stay out　留在外頭
　　to come to stay　來過夜
　　to stay the course　奮鬥到底

☐☐ **hope**〔hop〕①希望②期望③可能性

　　to hope for　希望有

　　to hope for the best　冀望情況好轉

　　to hope to hell　渴欲

　　to hope against hope　存著萬一的希望

☐☐ **wish**〔wɪʃ〕①希望②期望③恭喜

　　to wish for　希望得到

　　to wish in silence　私盼

　　to wish one joy of　（諷）恭喜某人獲得

☐☐ **want**〔wɑnt〕①意欲②希望③必須

　　to want in　想進來

　　to want out　想出去

　　to want to score　希望成功

　　to want to　應該

☐☐ **excuse**〔ɪk'skjuz〕①原諒②託故③作為…之理由

　　to excuse oneself　請求原諒

　　Excuse me.　對不起。

　　to excuse oneself from　謝絕；託故不

　　to excuse for being　存在理由

☐☐ **show**〔ʃo〕①表現②出現③顯露

　　to show off　誇示

　　to show oneself　出面

　　to show up　出現

　　to show one's teeth　發怒

□□ **give** 〔gɪv〕①贈予②交付③聲明

    to give away　贈送

    to give back　送還

    to give one's opinion　陳述意見

    to give up　放棄

□□ **lose** 〔luz〕①失落②失去③沉醉於

    to lose oneself　迷途

    to lose one's head　驚惶失措

    to lose one's heart　迷醉於

    to lose track of　不知…之去向

□□ **catch** 〔kætʃ〕①捕捉②傳③突然遇見

    to catch at　攫去

    to catch hold of　抓住

    to catch sight of　忽見

    to catch it　受罰

□□ **get** 〔gɛt〕①取②抵達③得到

    to get back　回來

    to get on　上車

    to get off　下車

    to get at　得到

□□ **help** 〔hɛlp〕①幫助②阻止③促進

    to give a helping hand　助一臂之力

    to help but　避免

    to help oneself to　自取（所需）

    to help out　協助

☐☐ **gather** 〔'gæðɚ〕①聚集②漸增③蹙眉

    to gather oneself together　振起精神

    to gather one's wits　聚精會神

    to gather strength or volume　漸漸增強或增大

    to gather the brows　蹙眉

☐☐ **save** 〔sev〕①保全②節省③減少

    to save one's face　保全面子

    to save one's neck　明哲保身

    to save one's pains　不浪費力氣

    to save one's breath　緘默

☐☐ **have** 〔hæv〕①有②使③必須

    to have and hold　保有

    to have it　勝過

    to have on　穿（衣）

    to have to do with　與⋯有關

☐☐ **point** 〔pɔɪnt〕①標點②增加⋯的力量③指示

    to point off　用句點或逗點分開

    to point up　強調

    to point out that　提醒

☐☐ **paint** 〔pent〕①塗色於②繪畫③描寫

    to paint out　用油漆或顏料塗去

    as painted as a picture　搽著很厚的粉

    to paint (sth) in　畫出

    to paint a black picture of　非常悲觀地敍述

● 英文趣味單字 ●

左看右看都相同的英文單字

civic〔'sɪvɪk〕城市的；公民的　　noon〔nun〕正午

dad〔dæd〕爸爸；爹爹　　　　　　nun〔nʌn〕修女；尼姑

deed〔did〕行為；事業；功績　　　peep〔pip〕觀望；窺視

eve〔iv〕前夕　　　　　　　　　　pup〔pʌp〕小狗

level〔'lɛvḷ〕水平；標準　　　　　sees〔siz〕(*pl.*)主教的轄區

左看右看都有意義的英文單字

are〔ɑr〕是　　　　　　　　　　era〔'ɪrə〕紀元

deer〔dɪr〕鹿　　　　　　　　　reed〔rid〕蘆葦

door〔dor，dɔr〕門　　　　　　　rood〔rud〕十字架

doom〔dum〕命運；劫數　　　　　mood〔mud〕心情；心境

evil〔'ivḷ〕邪惡的；不善的　　　　live〔lɪv〕生活；居住

God〔gɑd〕上帝；神　　　　　　　dog〔dɔg〕狗

meet〔mit〕遇；逢　　　　　　　teem〔tim〕充滿；富於

not〔nɑt〕不　　　　　　　　　　ton〔tʌn〕噸

on〔ɑn〕在…之上　　　　　　　　no〔no〕不

pan〔pæn〕平底鍋　　　　　　　　nap〔næp〕小睡

raw〔rɔ〕生的；粗的　　　　　　　war〔wɔr〕戰爭

saw〔sɔ〕鋸子　　　　　　　　　was〔wɑz，wəz〕is的過去式

ten〔tɛn〕十　　　　　　　　　　net〔nɛt〕網

視覺記憶法

看圖背單字，印象最深刻！

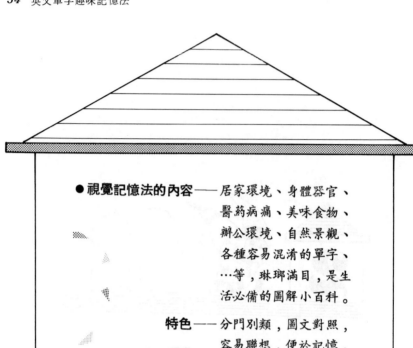

● **視覺記憶法的內容**──居家環境、身體器官、醫藥病痛、美味食物、辦公環境、自然景觀、各種容易混淆的單字、…等，琳瑯滿目，是生活必備的圖解小百科。

特色──分門別類，圖文對照，容易聯想，便於記憶。

目的──藉由栩栩如生的圖案，讓文字在您腦中迅速形成具體形象，輸入記憶中樞，過目不忘。

要訣──善用環境，經由實體在腦中繪圖記憶，時時作聯想。

第一章　生活環境最常見單字

試試看，
你能用英文說出多少名稱？

家庭的外觀

① 家□□ **house** 〔haʊs〕
② 屋頂□□ **roof** 〔ruf〕
③ 牆壁□□ **wall** 〔wɔl〕
④ 窗戶□□ **window** 〔'wɪndo〕
⑤ 門□□ **door** 〔dɔr〕
⑥ 鑰匙□□ **key** 〔ki〕
⑦ 正門玄關□□ ***front door***
⑧ 門階□□ **stoop** 〔stup〕

⑨ 大門；圍牆門□□ **gate** 〔get〕
⑩ 後院□□ **backyard** 〔'bæk'jɑrd〕
⑪ 籬笆□□ **fence** 〔fɛns〕
⑫ 樹籬□□ **hedge** 〔hɛdʒ〕
⑬ 車庫□□ **garage** 〔gə'rɑdʒ〕
⑭ 草地□□ **lawn** 〔lɔn〕
⑮ 庭院□□ **garden** 〔'gɑrdn̩〕
⑯ 門廊□□ **porch** 〔portʃ〕
⑰ 梯形地之一層；壇□□ **terrace** 〔'tɛrɪs〕

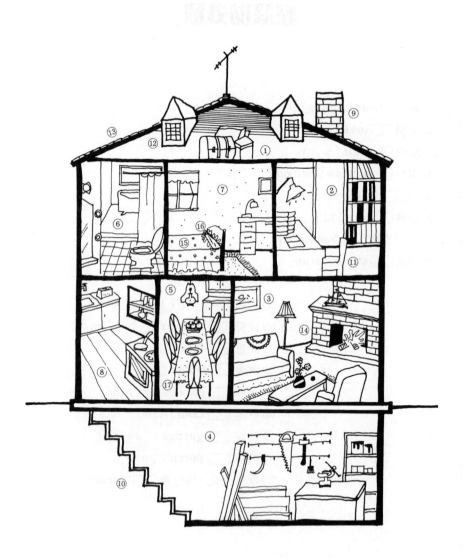

居家內部

① 屋頂下小閣樓 □□ **attic** 〔'ætɪk〕

② 書房 □□ **study** 〔'stʌdɪ〕

③ 起居室 □□ *living room*

④ 地下室 □□ **basement** 〔'besmənt〕

⑤ 飯廳 □□ *dining room*

⑥ 浴室 □□ **bathroom** 〔'bæθ,rum〕

⑦ 臥室 □□ **bedroom** 〔'bɛd,rum〕

⑧ 廚房 □□ **kitchen** 〔'kɪtʃɪn〕

⑨ 煙囪 □□ **chimney** 〔'tʃɪmnɪ〕

⑩ 樓梯 □□ **staircases** 〔'stɛr,kesɪs〕

　　　　　　 steps 〔stɛps〕

⑪ 椅子 □□ **chair** 〔tʃɛr〕

⑫ 天窗 □□ **dormer-window** 〔'dɔrmɚ,wɪndo〕

⑬ 屋簷 □□ **eaves** 〔ivz〕

⑭ 壁爐 □□ **fireplace** 〔'faɪr,ples〕

⑮ 棉被 □□ **quilt** 〔kwɪlt〕

⑯ 枕頭 □□ **pillow** 〔'pɪlo〕

⑰ 餐桌 □□ **table** 〔'tebl̩〕

** 廁所　*rest room*

　　　　bathroom 〔'bæθ,rum〕

客廳 ①

① 桌子 □□ **table** 〔ˈtebḷ〕
② 花瓶 □□ **vase** 〔ves〕
③ 沙發 □□ **sofa** 〔ˈsofə〕
④ 電視 □□ **television** 〔ˈtɛləˌvɪʒən〕
⑤ 收音機 □□ **radio** 〔ˈredɪˌo〕
⑥ 時鐘 □□ **clock** 〔klɑk〕
⑦ 飾燈 □□ **pendant** 〔ˈpɛndənt〕
　　（由天花板垂下的燈）

⑧ 洋娃娃 □□ **doll** 〔dɑl〕
⑨ 鏡子 □□ **mirror** 〔ˈmɪrɚ〕
⑩ 箱子 □□ **box** 〔bɑks〕
⑪ 窗簾 □□ **curtain** 〔ˈkɝtṇ〕
⑫ 煙灰缸 □□ **ashtray** 〔ˈæʃˌtre〕
⑬ 地毯 □□ **rug** 〔rʌg〕
　　　　　　carpet 〔ˈkɑrpɪt〕
⑭ 天花板 □□ **ceiling** 〔ˈsilɪŋ〕

客廳 ②

① 落地窗 ☐☐ *French window*

② 椅背 ☐☐ **back** 〔bæk〕

③ 椅子 ☐☐ **chair** 〔tʃɛr〕

④ 電話 ☐☐ **telephone** 〔'tɛlə,fon〕

⑤ 電話號碼盤 ☐☐ **dial** 〔'daɪəl〕

⑥ 電話聽筒 ☐☐ **receiver** 〔rɪ'sivɚ〕

⑦ 聚光燈 ☐☐ **spotlight** 〔'spɑt,laɪt〕

⑧ 牆壁 ☐☐ **wall** 〔wɔl〕

⑨ 書架 ☐☐ **bookcase** 〔'bʊk,kes〕

⑩ 壁燈 ☐☐ *wall lamp*

⑪ 壁紙 ☐☐ **wallpaper** 〔'wɔl,pepɚ〕

⑫ 落地枱燈 ☐☐ *standard lamp*

⑬ 暖氣爐 ☐☐ **radiator** 〔'redɪ,etɚ〕

⑭ 餐具架 ☐☐ **sideboard** 〔'saɪd,bord〕

⑮ 有扶手的椅子 ☐☐ **armchair** 〔'ɑrm,tʃɛr〕

⑯ 壁爐架 ☐☐ **mantelpiece** 〔'mæntḷ, pis 〕

⑰ 煤箱 ☐☐ *coal scuttle* 〔'skʌtḷ 〕

⑱ 壁爐的鐵欄 ☐☐ **grate** 〔gret 〕

⑲ 撥火鐵棒 ☐☐ **poker** 〔'pokɚ 〕

⑳ 壁爐 ☐☐ **fireplace** 〔'faɪr,ples 〕

㉑ 爐床 ☐☐ **hearth** 〔hɑrθ 〕

㉒ 鉗 ☐☐ **tongs** 〔tɔŋz 〕

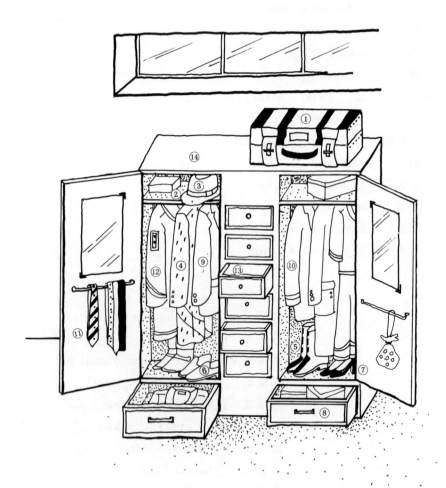

衣物

① 小旅行袋 ⬜⬜ *overnight bag*

　大衣箱 ⬜⬜ **trunk**〔trʌŋk〕

　零錢包 ⬜⬜ *change purse*

　衣袋 ⬜⬜ *clothes bag*

② 架上 ⬜⬜ *on the shelf*

　　　　 on a rack

③ 帽子 ⬜⬜ **hat**〔hæt〕

④ 外套 ⬜⬜ **overcoat**〔ˈovɚˌkot〕

⑤ 靴子 ⬜⬜ **boots**〔buts〕

⑥ 鞋子 ⬜⬜ **shoes**〔ʃuz〕

⑦ 高跟鞋 ⬜⬜ *high heels*

⑧ 抽屜的把手 ⬜⬜ **pull**〔pʊl〕

⑨ 運動衣上裝 ⬜⬜ **blazer**〔ˈblezɚ〕

　（尤其指顏色鮮明的運動上衣）

⑩ 外衣 ⬜⬜ *topper coat*

⑪ 領帶 ⬜⬜ **necktie**〔ˈnɛkˌtaɪ〕

⑫ 晨衣 ⬜⬜ *dressing gown*

⑬ 抽屜 ⬜⬜ **drawer**〔ˈdrɔɚ〕

⑭ 衣櫥 ⬜⬜ **wardrobe**〔ˈwɔrdˌrob〕

** topper〔ˈtɑpɚ〕*n.* 外衣（尤指婦女穿的短而寬鬆的外衣）

廚房 ①

① 汚水槽 □□ sink〔sɪŋk〕
② 水龍頭 □□ faucet〔'fɔsɪt〕
③ 碗櫥 □□ cupboard〔'kʌbəd〕
④ 碟盤 □□ dishes〔'dɪʃɪz〕
⑤ 瓦斯爐 □□ *gas range*
⑥ 冰箱 □□ refrigerator〔rɪ'frɪdʒə,retə〕
⑦ 爐架 □□ grate〔gret〕
⑧ 茶壺 □□ kettle〔'kɛtl̩〕

⑨ 平鍋；盤 □□ pan〔pæn〕
⑩ 煎鍋 □□ frying-pan〔'fraɪŋ,pæn〕
⑪ 砧板 □□ *chopping board*
⑫ 抽屜 □□ drawer〔'drɔə〕
⑬ 銀器 □□ silverware〔'sɪlvə,wɛr〕
⑭ 毛巾架 □□ *towel rack*
⑮ 蕃茄醬 □□ ketchup〔'kɛtʃəp〕
⑯ 醋 □□ vinegar〔'vɪnɪgə〕
⑰ 糖 □□ sugar〔'ʃʊgə〕
⑱ 調味品 □□ spices〔'spaɪsɪz〕
溶化 □□ thaw〔θɔ〕
厨子 □□ cook〔kʊk〕
果皮 □□ peel〔pil〕
熱力 □□ heat〔hit〕
煮沸 □□ boil〔bɔɪl〕
使冷却 □□ refrigerate〔rɪ'frɪdʒə,ret〕

廚房 ②

① 烤架□□ **grill** 〔grɪl〕
② 電爐 □□ *electric cooker*
③ 扁平炊具□□ **hotplate** 〔ˈhɑt‚plet〕
④ 長柄有蓋的煮鍋□□ **saucepan** 〔ˈsɔs‚pæn〕
⑤ 壓力鍋 □□ *pressure cooker*
⑥ 碗 □□ **bowl** 〔bol〕
⑦ 抹布□□ **dishcloth**
⑧ 龍頭□□ **tap** 〔tæp〕

⑨ 流理台□□ *draining board*
⑩ 麵包箱 □□ *bread bin*
⑪ 煎鍋 □□ *frying pan*
⑫ 洗衣機 □□ *washing machine*
⑬ 烤麵包機 □□ **toaster** 〔ˈtostɚ〕
⑭ 秤 □□ **scale** 〔skel〕
⑮ 洗碟機 □□ **dishwasher** 〔ˈdɪʃ‚wɑʃɚ〕
⑯ 烤箱 □□ **oven** 〔ˈʌvən〕
⑰ 垃圾箱 □□ *waste bin*

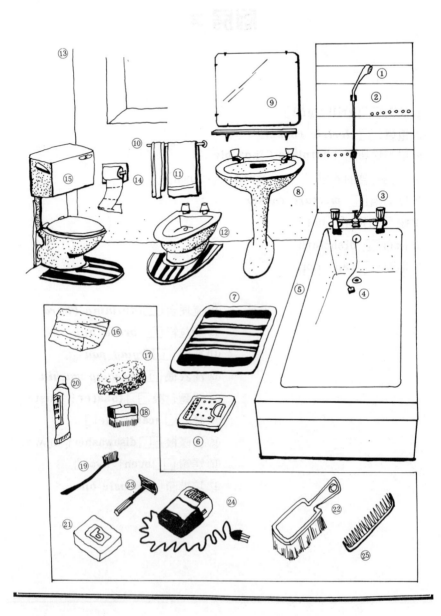

浴室

① 蓮蓬頭□□ shower〔'ʃaʊɚ〕
② 瓷磚□□ tile〔taɪl〕
③ 水龍頭□□ faucet〔'fɔsɪt〕
④ 栓；塞子□□ plug〔plʌg〕
⑤ 浴缸□□ bath〔bæθ〕
⑥ 體重器□□ *bathroom scales*
　（放在浴室內的）
⑦ 浴室內踏足之墊 □□ *bath mat*
⑧ 洗臉盆□□ washbasin〔'wɑʃ,besn̩〕
⑨ 鏡子□□ mirror〔'mɪrɚ〕
⑩ 手巾架□□ *towel rail*

⑪ 手巾；毛巾□□ towel〔'taʊəl〕
⑫ 洗身盆□□ bidet〔bi'de〕
⑬ 盥洗室□□ toilet〔'tɔɪlɪt〕
⑭ 衛生紙筒□□ *roll of toilet paper*
⑮ 水槽□□ cistern〔'sɪstɚn〕
⑯ 法蘭絨□□ flannel〔'flænl̩〕
⑰ 海綿□□ sponge〔spʌndʒ〕
⑱ 指甲刷□□ nailbrush〔'nel,brʌʃ〕
⑲ 牙刷□□ toothbrush〔'tuθ,brʌʃ〕
⑳ 牙膏□□ toothpaste〔'tuθ,pest〕
㉑ 肥皂□□ soap〔sop〕
㉒ 髮刷；毛刷□□ hairbrush〔'hɛr,brʌʃ〕
㉓ 安全刮鬍刀□□ *safety razor*
㉔ 電鬍刀□□ *electric razor*
㉕ 梳子□□ comb〔kom〕

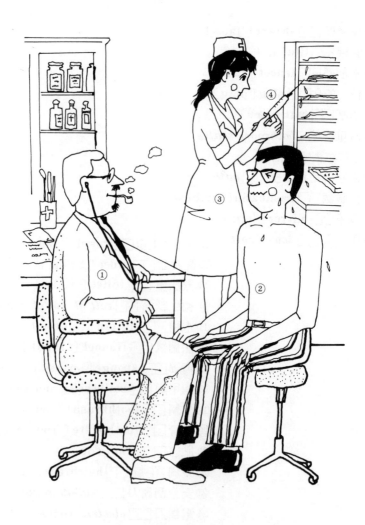

醫藥・病痛・急救①

① 內科醫生 □□ **physician**〔fəˈzɪʃən〕
② 患者 □□ **patient**〔ˈpeʃənt〕
③ 護士 □□ **nurse**〔nɝs〕
④ 注射 □□ **injection**〔ɪnˈdʒɛkʃən〕
　注射器 □□ **injector**〔ɪnˈdʒɛktɚ〕
　敲診法 □□ **percussion**〔pɚˈkʌʃən〕
　脈搏 □□ **pulse**〔pʌls〕
　發燒 □□ **fever**〔ˈfivɚ〕
　正常體溫 □□
　normal temperature
　健康保險證 □□
　health insurance card
　（低）高血壓 □□
　（*low*）*high blood pressure*
　昏眩的 □□ **dizzy**〔ˈdɪzɪ〕
　消化不良症 □□
　indigestion〔ˌɪndəˈdʒɛstʃən〕
　疥癬 □□ **itch**〔ɪtʃ〕
　肺 □□ **lung(s)**〔lʌŋ(z)〕
　胃 □□ **stomach**〔ˈstʌmək〕

　頭痛 □□ **headache**〔ˈhɛdˌek〕
　牙痛 □□ **toothache**〔ˈtuθˌek〕
　耳痛 □□ **earache**〔ˈɪrˌek〕
　心痛 □□ **heartache**〔ˈhɑrtˌek〕
　感冒 □□ **cold**〔kold〕
　流行性感冒 □□ **flu**〔flu〕
　下痢 □□ **diarrhea**〔ˌdaɪəˈriə〕
　咳嗽 □□ **cough**〔kɔf〕
　傳染 □□
　infection〔ɪnˈfɛkʃən〕
　發疹 □□ **rash**〔ræʃ〕
　視力 □□ **vision**〔ˈvɪʒən〕
　胃翻攪 □□ *an upset stomach*
　胃部絞痛 □□ *stomach cramps*
　胸部疼痛 □□ *chest pains*
　嘔吐 □□ **vomit**〔ˈvɑmɪt〕

** cramps〔kræmps〕*n.* 腹部絞痛

醫藥・病痛・急救②

① 外科醫生 □□ surgeon〔ˈsɝdʒən〕

② 診療 □□ *medical examination*

　健康檢查 □□

　physical examination

　checkup〔ˈtʃɛk͵ʌp〕

③ 藥方 □□

　prescription〔prɪˈskrɪpʃən〕

④ 住院病人 □□

　inpatient〔ˈɪn͵peʃənt〕

　門疹之病人 □□

　outpatient〔ˈaʊt͵peʃənt〕

⑤ 骨折 □□ fracture〔ˈfræktʃɚ〕

　脫臼 □□ dislocate〔ˈdɪslo͵ket〕

　昏厥 □□ faint〔fent〕

灼傷 □□ burn〔bɝn〕

腫的 □□ swollen〔ˈswolən〕

膨脹的 □□ puffy〔ˈpʌfɪ〕

化膿 □□ fester〔ˈfɛstɚ〕

傷痛 □□ sore〔sɔr〕

寒冷 □□ chill〔tʃɪl〕

痛 □□ pain〔pen〕

灼痛 □□ *burning pain*

隱痛 □□ *dull pain*

劇痛 □□ *severe pain*

劇痛 □□ *sharp pain*

微痛 □□ *slight pain*

膿 □□ pus〔pʌs〕

創傷 □□ wound〔wund〕

食物餐飲

① 煮蛋 □□ *boiled egg*
② 煎蛋 □□ *fried egg*
③ 炒蛋 □□ *scrambled egg*

雜集的 □□ **assorted** 〔ə'sɔrtɪd〕
骨骼的 □□ **boned** 〔bond〕
(烘)烤的 □□ **broiled** 〔'brɔɪld〕
冷凍的 □□ **chilled** 〔tʃɪld〕
切片的 □□ **chopped** 〔tʃɑpt〕
油炸的 □□ **fried** 〔fraɪd〕

搗碎使成糊狀的 □□ **mashed** 〔mæʃt〕
切成薄片的 □□ **sliced** 〔slaɪst〕
用煙燻製的 □□ **smoked** 〔smokt〕
燉的 □□ **stewed** 〔stud〕
④ 蘋果 □□ **apple** 〔'æpl̩〕
⑤ 香蕉 □□ **banana** 〔bə'nænə〕
⑥ 葡萄 □□ **grape** 〔grep〕

** scramble 〔'skræmbl̩〕 *v*. 攪炒 (蛋)

① 檸檬 □□ **lemon** 〔ˈlɛmən〕

② 柳橙 □□ **orange** 〔ˈɔrɪndʒ〕

③ 桃 □□ **peach** 〔pitʃ〕

④ 梨 □□ **pear** 〔pɛr〕

⑤ 草莓 □□ **strawberry** 〔ˈstrɔ,bɛrɪ〕

⑥ 豆莢 □□ **bean** 〔bin〕

⑦ 包心菜 □□ **cabbage** 〔ˈkæbɪdʒ〕

⑧ 胡蘿蔔 □□ **carrot** 〔ˈkærət〕

⑨ 芹菜 □□ **celery** 〔ˈsɛlərɪ〕

⑩ 蒜頭 □□ **garlic** 〔ˈgɑrlɪk〕

⑪ 萵苣 □□ **lettuce** 〔ˈlɛtəs〕

⑫ 洋蔥 □□ **onion** 〔ˈʌnjən〕

⑬ 白蘿蔔 □□ **radish** 〔ˈrædɪʃ〕

⑭ 菠菜 □□ **spinach** 〔ˈspɪnɪdʒ〕

⑮ 蘑菇 □□ **mushroom** 〔ˈmʌʃrum〕

⑯ 馬鈴薯 □□ **potato** 〔pəˈteto〕

棒球用語

打擊者 □□ **batter**〔'bætɚ〕, **hitter**〔'hɪtɚ〕

四壞球
保送上壘 □□ **walk**〔wɔk〕, **pass**〔pæs〕

滾地球 □□ **grounder**〔'graʊndɚ〕
        roller〔'rolɚ〕

二壘安打 □□ *two-base hit*

三壘安打 □□ *three-base hit*

盜壘 □□ *steal a base*

滿壘 □□ *bases loaded*

滿壘情況下的全壘打 □□ *a grand slam*

輕易得勝 □□ **breeze**〔briz〕

由敗轉勝 □□ *come-from-behind win*

苦勝 □□ **clip**〔klɪp〕

大勝 □□ **blast**〔blæst〕

打擊率 □□ *batting average*

殘壘 □□ *left on bases*

（一壘一壘安全推進）得分 □□
    runs〔rʌnz〕

落後 □□ *games behind*

高飛犧牲打 □□ *sacrifice fly*

** slam〔slæm〕 *n.* 猛擊

第一球 □□ *the first pitch*
外角球 □□ *an outside pitch*
暴投 □□ *wild pitch*
快速直球 □□ *fast ball*
變化球 □□ *breaking ball*
肩上投擲 □□ *over-hand throw*
平肩投擲 □□ *side-hand throw*
肩下投擲 □□ *under-hand throw*
完全比賽 □□ *complete game*
守備 □□ **position** 〔pəˈzɪʃən〕
失誤 □□ **error** 〔ˈɛrɚ〕
左手投球投手 □□ **southpaw** 〔ˈsaʊθˌpɔ〕

右手投球投手 □□ **righthander**
　　　　　　〔ˈraɪt ˈhændɚ〕
下半局 □□ *the bottom of the inning*
上半局 □□ *the top of the inning*
抗議 □□ **appeal** 〔əˈpil〕
刺殺 □□ **tag** 〔tæg〕
觀眾 □□ **attendance** 〔əˈtɛndəns〕

** pitch 〔pɪtʃ〕 *n*. 投；擲

交通標誌

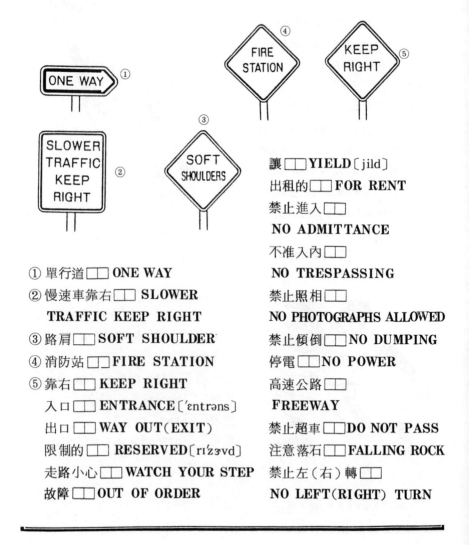

① 單行道□□ ONE WAY
② 慢速車靠右□□ SLOWER
   TRAFFIC KEEP RIGHT
③ 路肩□□ SOFT SHOULDER
④ 消防站□□ FIRE STATION
⑤ 靠右□□ KEEP RIGHT
   入口□□ ENTRANCE〔'ɛntrəns〕
   出口□□ WAY OUT(EXIT)
   限制的□□ RESERVED〔rɪ'zɜvd〕
   走路小心□□ WATCH YOUR STEP
   故障□□ OUT OF ORDER

讓□□ YIELD〔jild〕
出租的□□ FOR RENT
禁止進入□□
NO ADMITTANCE
不准入內□□
NO TRESPASSING
禁止照相□□
NO PHOTOGRAPHS ALLOWED
禁止傾倒□□ NO DUMPING
停電□□ NO POWER
高速公路□□
FREEWAY
禁止超車□□ DO NOT PASS
注意落石□□ FALLING ROCK
禁止左(右)轉□□
NO LEFT(RIGHT) TURN

第二章　自然社交環境最常見單字

試試看，
你能用英文說出多少名稱？

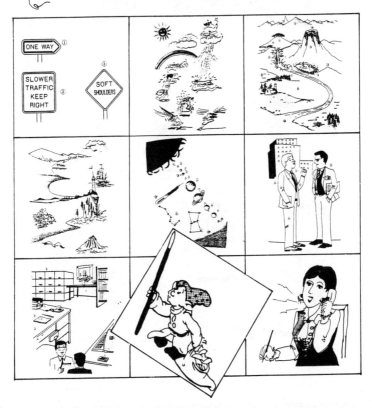

風雨

①晴朗　□□ **fine** 〔faɪn〕

　　　　　clear 〔klɪr〕

②多風的　□□ **windy** 〔'wɪndɪ〕

　暴風　□□ **storm** 〔stɔrm〕

　暴(颶)風　□□ **hurricane** 〔'hɝɪ,ken〕

　溫暖　□□ **warm** 〔wɔrm〕

③多雲的　□□ **cloudy** 〔'klaʊdɪ〕

④下雨的　□□ **rainy** 〔'renɪ〕

⑤寒冷　□□ **cold** 〔kold〕

⑥雪　□□ **snow** 〔sno〕

⑦熱　□□ **hot** 〔hɑt〕

⑧雷陣雨　□□

　thundershower 〔'θʌndɚ,ʃaʊɚ〕

⑨彩虹　□□ **rainbow** 〔'ren,bo〕

大雨　□□ *heavy rain*

大雨　□□ **downpour** 〔'daʊn,por〕

小雨　□□ *light rain*

霰　□□ **sleet** 〔slit〕

陣雨　□□ **shower** 〔'ʃaʊɚ〕

偶陣雨　□□ *occasional rain*

毛毛雨　□□ *scattered rain*

涼　□□ **cool** 〔kul〕

逆風　□□ *head wind*

霧　□□ *fog* 〔fɔg〕

亂流　□□ **turbulence** 〔'tɝbjələns〕

有風暴的　□□ **rough** 〔rʌf〕

平穩的　□□ **smooth** 〔smuð〕

薄霧　□□ **haze** 〔hez〕

霧　□□ **mist** 〔mɪst〕

暴風雪　□□ **snowstorm** 〔'sno,stɔrm〕

山川

① 山頂 □□ **summit** 〔'sʌmɪt〕

② 山脈 □□ *mountain chain*

③ 山隘 □□ **pass** 〔pæs〕

④ 丘 □□ **hill** 〔hɪl〕

⑤ 瀑布 □□ **waterfall** 〔'wɔtɚ,fɔl〕

⑥ 湖泊 □□ **lake** 〔lek〕

⑦ 上游 □□ **upstream** 〔'ʌp'strim〕

⑧ 平原 □□ **plain** 〔plen〕

⑨ 台地 □□ **terrace** 〔'tɛrəs〕

⑩ 河口 □□ *the issue of the river*

⑪ 頂，脊 □□ **crest** 〔krɛst〕
　　　　　　 ridge 〔rɪdʒ〕

　谷 □□ **valley** 〔'vælɪ〕

　峽谷 □□ **canyon** 〔'kænjən〕

⑫ 火山口 □□ **crater** 〔'kretɚ〕

⑬ 火山 □□ **volcano** 〔vɑl'keno〕

⑭ 沼澤 □□ **swamp** 〔swɑmp〕

　右岸 □□ *right bank*

　左岸 □□ *left bank*

　急流 □□ **rapids** 〔'ræpɪdz〕

⑮ 原野 □□ **field** 〔fild〕

⑯ 河流 □□ **river** 〔'rɪvɚ〕

⑰ 下游 □□
　downstream 〔'daʊn'strim〕

　壯觀的 □□
　magnificent 〔mæg'nɪfəsṇt〕

　地震 □□ **earthquake** 〔'ɝθ,kwek〕

　地震強度 □□ *seismic*int ensity*

　地裂 □□ *ground fissure**

　山崩 □□ **landslide** 〔'lænd,slaɪd〕

　海嘯 □□ *tidal*wave*（由地震
　等所引起的）

** seismic 〔'saɪzmɪk〕 *adj.* 地震的
　fissure 〔'fɪʃɚ〕 *n.* 裂縫
　tidal 〔'taɪdḷ〕 *adj.* 潮的

港口景觀

① 天空□□ **sky**〔skaɪ〕

② 　雲　□□ **cloud**〔klaʊd〕

③ 　鷗　□□ **gull**〔gʌl〕

④ 帆船□□ **sailboat**〔'sel,bot〕

⑤ 燈塔□□ **lighthouse**〔'laɪt,haʊs〕

⑥ 入口□□ **inlet**〔'ɪn,lɛt〕

⑦ 海灣□□ **bay**〔be〕

⑧ 港口□□ **port**〔pɔrt〕

　　　　□□ **harbour**〔'hɑrbɚ〕

☆ harbo(u)r　港口；避難所，

　　　　　　（指憑藉地形、防波堤

　　　　　　等擋風禦浪的港口）

　　haven　　港口；避風港

　　　　　　（較 harbour 文言）

　　port　　　港口；海港，

　　　　　　（指商船裝卸貨物

　　　　　　的港口）

⑨ 碼頭 □□ **pier**〔pɪr〕

⑩ 半島 □□ **peninsula**

　　　　　〔pə'nɪnsələ〕

⑪ 　岬　□□ **cape**〔kep〕

⑫ 懸崖 □□ **cliff**〔klɪf〕

⑬ 　島　□□ **island**〔'aɪlənd〕

⑭ 高原□□ **plateau**〔plæ'to〕

⑮ 海濱□□ **beach**〔bitʃ〕

⑯ 沙灘□□ **sands**〔sændz〕

　　　　　（用複數形）

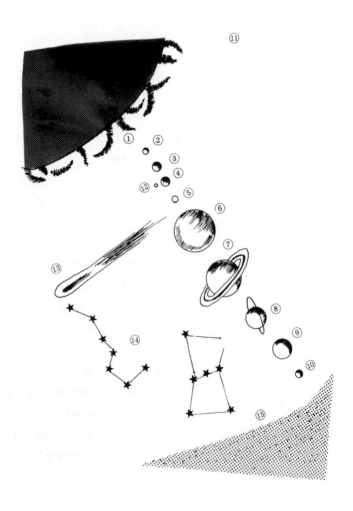

天象景觀

流　星□□meteor〔'mitɪə〕

流　星□□*falling star*

赤　道□□equator〔ɪ'kwetə〕

核　心□□core〔kor〕

季　風□□monsoon(s)
　　　　　〔mɑn'sun〕

望遠鏡□□telescope〔'tɛlə,skop〕

恆　星□□*fixed star*

飛　碟□□*flying saucer*

太空船□□spaceship〔'spes,ʃɪp〕

倒數計時□□countdown
　　　　　〔'kaʊnt,daʊn〕

使…升空□□launch〔lɔntʃ〕

大氣層及太空□□aerospace
　　　　　〔'ɛrə,spes〕

軌　道□□orbit〔'ɔrbɪt〕

緩慢降落□□soft-landing
　　　　　〔'sɔft'lændɪŋ〕

人造衛星
□□*artificial satellite*

太空人□□astronaut
　　　　　〔'æstrə,nɔt〕

宇　宙□□cosmos〔'kɑzməs〕

①太　陽□□sun〔sʌn〕

②水　星□□Mercury
　　　　　〔'mɝkjərɪ〕

③金　星□□Venus〔'vinəs〕

④地　球□□Earth〔ɝθ〕

⑤火　星□□Mars〔mɑrz〕

⑥木　星□□Jupiter〔'dʒupətə〕

⑦土　星□□Saturn〔'sætən〕

⑧天王星□□Uranus〔'jʊrənəs〕

⑨海王星□□Neptune〔'nɛptʃun〕

⑩冥王星□□Pluto〔'pluto〕

⑪太陽系□□Solar System

⑫月　球□□planet〔'plænɪt〕

⑬慧　星□□comet〔'kɑmɪt〕

⑭星　座□□constellation
　　　　　〔,kɑnstə'leʃən〕

⑮銀　河□□Milky Way
　　　　　the Galaxy

** satellite〔'sætl̩,aɪt〕*n.* 衛星
Galaxy〔'gæləksɪ〕*n.* 銀河

薪水階級的身邊事物

①西裝□□ *business suit*

②衣領□□ **collar** 〔'kɑlɚ〕

③袖□□ **sleeve(s)** 〔sliv(z)〕

④摺痕□□ **crease** 〔kris〕

⑤褲子□□ **pants** 〔pænts〕

⑥同事□□ **colleague** 〔'kɑlig〕

　申請者□□ **applicant** 〔'æpləkənt〕

　總裁□□ **president** 〔'prɛzədənt〕

　部長□□ *department manager*

　課長□□ *section chief*

辦事員□□ **clerk** 〔klɝk〕

經理□□ **manager** 〔'mænɪdʒɚ〕

守舊者□□

conservative 〔kən'sɝvətɪv〕

肩幅窄的□□ *narrow across the shoulder*

緊腰的 □□ *tight around the waist*

襟領鬆的□□ *loose in the neck*

褲管窄的□□ *tight in the thighs*

辦公室

①辦公桌□□*writing desk*

②信件□□
 correspondence〔ˌkɔrə'spɑndəns〕

③檔案櫃□□**cabinet**〔'kæbənɪt〕

④計算機□□**calculator**〔'kælkjəˌletə〕

⑤公文□□**document**〔'dɑkjəˌmənt〕

⑥文字處理機□□*word processor*

 電話簿□□*telephone directory*

公司印章□□*company seal*

印泥□□*vermilion ink pad*

紅利□□**bonus**〔'bonəs〕

病假□□*sick leave*

固定薪水外的福利□□
fringe benefits

企業管理□□
business administration

人事管理□□
personnel management

研修計畫□□*training program*

** vermilion〔və'mɪljən〕*adj.* 朱紅色

 pad〔pæd〕*n.* 橡皮圖章之印色盒

 fringe〔frɪndʒ〕*n.* 邊；緣；端

電話

公共電話□□*pay telephone*
　　　　　　public telephone
黃頁分類□□*yellow page(s)*
（電話簿上按用戶之營業或服務
性質分類登錄之部分）
詢問台□□
information〔,ɪnfɚˈmeʃən〕
接線生□□**operator**〔ˈɑpɚ,retɚ〕
市內電話□□*local call*
長途電話□□*long-distance call*
指名電話□□*person-to-person
call*
叫號電話□□*station-to-station
call*

國際電話□□*overseas call*
對方付費電話□□*collect call*
電話號碼□□*telephone number*
分機□□**extension**〔ɪkˈstɛnʃən〕

＊電話用語＊
Just hold the line and wait.
不要掛斷，請稍候。
Please speak a little louder.
請說大聲一點。

第三章

圖解容易混淆的單字

試試看，
你能用英文說出多少名稱？

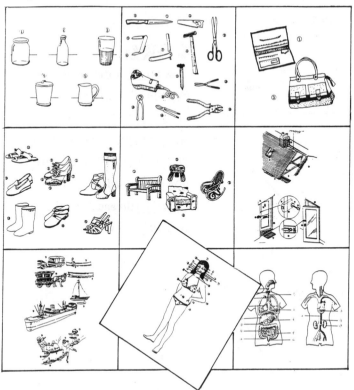

◆瓶罐

①大口瓶□□**jar**〔dʒɑr〕

②瓶□□**bottle**〔'bɑtl〕

③玻璃杯□□**glass**〔glæs〕

④(桶)箱□□**bin**〔bɪn〕

⑤壺□□**jug**〔dʒʌg〕

◆各種針

①圖釘□□**a drawing pin**

②釘子□□**nail**〔nel〕

③大頭針□□**pin**〔pɪn〕

④釘之頂端□□**head**〔hɛd〕

⑤安全別針□□**safety pin**

⑥針□□**needle**〔'nidl〕

⑦線□□**thread**〔θrɛd〕

⑧針眼□□**eye**〔aɪ〕

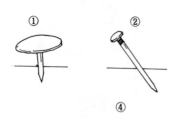

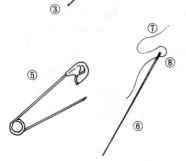

◆刀剪工具

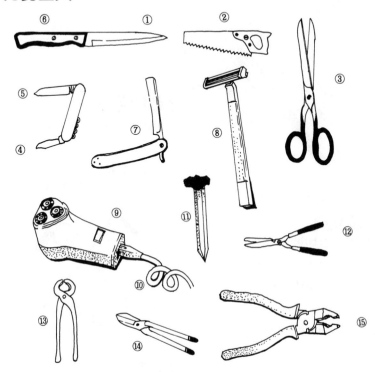

① 有柄的小刀 □□ **knife** 〔naɪf〕

② 鋸 □□ **saw** 〔sɔ〕

③ 剪刀 □□ **scissors** 〔'sɪzəz〕

④ 削鉛筆刀 □□ **penknife** 〔'pɛnaɪf〕

⑤ 刀鋒 □□ **blade** 〔bled〕

⑥ 刀柄 □□ **handle** 〔'hændl̩〕

⑦ 剃刀 □□ **open razor**

⑧ 安全刮鬍刀 □□ **safety razor**

⑨ 電動刮鬍刀 □□ **electric razor**

⑩（伸縮）電線 □□ **flex** 〔flɛks〕

⑪ 鑿子 □□ **chisel** 〔'tʃɪzl̩〕

⑫ 修剪花木的剪刀 □□ **garden shears**

⑬ 鉗子；鑷子 □□ **pincers** 〔'pɪnsəz〕

⑭ 剪子；剪毛器 □□ **clippers** 〔'klɪpəz〕

⑮ 鉗子 □□ **pliers** 〔'plaɪəz〕

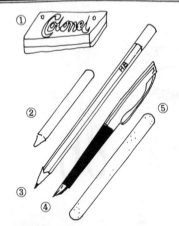

◆書寫文具

①橡皮擦□□ **rubber**〔'rʌbɚ〕

②蠟筆□□ **crayon**〔'kreən〕

③鉛筆□□ **pencil**〔'pɛnsḷ〕

④鋼筆□□ **pen**〔pɛn〕

⑤粉筆□□ **chalk**〔tʃɔk〕

◆各種斧頭

①尖鋤□□ **pickaxe**〔'pɪk,æks〕

②斧□□ **axe**〔æks〕

③手斧；斧頭□□ **hatchet**
　　　　　　　　〔'hætʃɪt〕

◆皮包

①皮夾□□ **wallet**〔'wɑlɪt〕

②皮包；錢袋□□ **purse**〔pɝs〕

③手提袋□□ **handbag**
　　　　　　　〔'hænd,bæg〕

◆各種鞋子

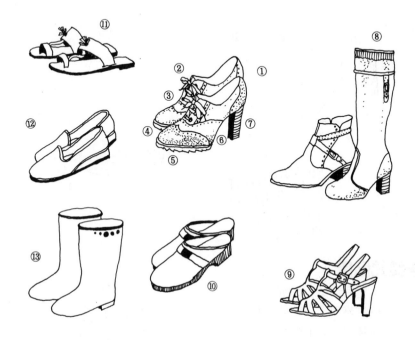

① 鞋 □□ **shoes** 〔ʃuz〕

② 鞋帶；花邊 □□ **laces** 〔'lesɪz〕

③ 穿鞋帶孔 □□ **eyes** 〔aɪz〕

④ 鞋之趾部 □□ **toe** 〔to〕

⑤ 鞋底 □□ **sole** 〔sol〕

⑥ 鞋之足背部份 □□ **instep**
　　　　　　　　〔'ɪn,stɛp〕

⑦ 鞋跟 □□ **heel** 〔hil〕

⑧ 皮靴 □□ **boots** 〔buts〕

⑨ 高跟鞋 □□ **high heels**

⑩ 木屐 □□ **clogs** 〔klɑgz〕

⑪ 涼鞋；拖鞋 □□ **sandals**
　　　　　　　　〔'sændḷz〕

⑫ 拖鞋 □□ **slippers** 〔'slɪpəz〕

⑬ 長統靴 □□ **Wellingtons**
　　　　　　　〔'wɛlɪŋtənz〕

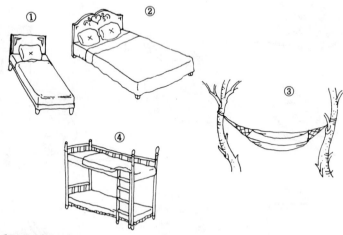

◆嬰兒臥床⇩

① (初生嬰兒用的)移動睡床
　　□□ **carrycot** 〔'kærɪ,kɑt〕

② 兒童臥床(四周有欄干者)
　　□□ **cot** 〔kɑt〕

③ 搖籃 □□ **cradle** 〔'kredḷ〕

◆各種臥床⇧

① 單人床 □□ **single bed**

② 雙人床 □□ **double bed**

③ 吊床 □□ **hammock** 〔'hæmək〕

④ 雙層床 □□ **bunk bed**

⑤ 四柱大型臥床 □□ **fourposter**
　　　　　　　　〔'for'postɚ〕

◆各種椅子

① 長椅 □□ **bench** 〔 bɛntʃ 〕
② 凳子 □□ **stool** 〔stul〕
③ 搖椅 □□ **rocking chair**
④ 有扶手的椅子 □□ **armchair** 〔ˈɑrmˌtʃɛr〕

◆家庭清潔用具

① 畚箕與刷子
　　□□ **dustpan and brush**
② 掃帚 □□ **broom** 〔brum〕
③ 拖把 □□ **mop** 〔mɑp〕

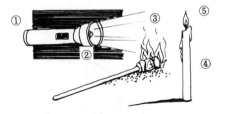

◆照明用具

① 手電筒；火炬；火把
　　□□ **torches** 〔ˈtɔrtʃɪz〕
② 反射器 □□ **reflector** 〔rɪˈflɛktɚ〕
③ 光線 □□ **beam** 〔bim〕
④ 蠟燭 □□ **candle** 〔ˈkændl〕
⑤ 燭心 □□ **wick** 〔wɪk〕

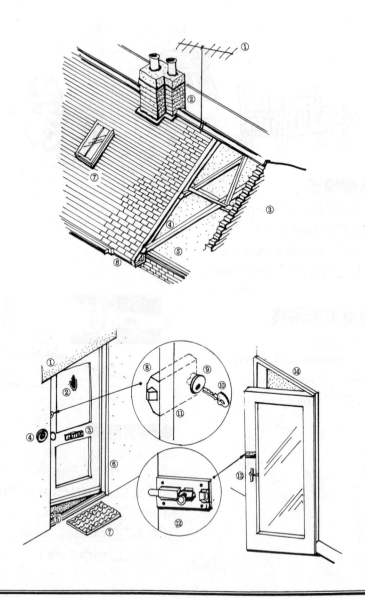

◆房屋結構

①天線☐☐ television aerial〔'ɛrɪəl〕

②煙囪☐☐chimney〔'tʃɪmnɪ〕

③山形牆☐☐ gable〔'gebl̩〕

④椽☐☐ rafter〔'ræftɚ〕

⑤閣樓☐☐ loft〔lɔft〕

⑥石板瓦☐☐ slate〔slet〕

⑦天窗☐☐skylight〔'skaɪ,laɪt〕

◆門、鎖

①門楣☐☐lintel〔'lɪntl̩〕

②門環☐☐knocker〔'nɑkɚ〕

③信箱☐☐letter box

④門鈴☐☐doorbell〔'dor,bɛl〕

⑤門階☐☐doorstep〔'dor,stɛp〕

⑥門柱☐☐door post〔'dor,post〕

⑦去鞋底泥污之墊子
　☐☐doormat〔'dor,mæt〕

⑧門閂☐☐latch〔lætʃ〕

⑨鎖☐☐lock〔lɑk〕

⑩鑰匙☐☐key〔ki〕

⑪鑰孔☐☐keyhole〔'ki,hol〕

⑫門栓☐☐bolt〔bolt〕

⑬把手☐☐handle〔'hændl̩〕

⑭門框☐☐frame〔frem〕

◆交通工具

① 有篷頂的大車（可載人或裝貨）

　　□□**modern caravan**〔ˈkærəˌvæn〕

② 吉普賽篷車

　　□□**gypsy caravan**

◆船

① 獨木舟□□**canoe**〔kəˈnu〕

② 槳□□**paddle**〔ˈpædl̩〕

③ 船.□□**boat**〔bot〕

④ 遊艇；輕舟□□**yacht**

　　　　　　〔jɑt〕

⑤ 貨船□□**freighter**〔ˈfretɚ〕

◆娛樂、運動

① 滑板運動 □□**skateboarding**

　　　　〔ˈsketˌbɔrdɪŋ〕

② 橢圓形滑板□□**skateboard**

　　　　〔ˈsketˌbɔrd〕

③ 滑雪□□**skiing**〔ˈskiɪŋ〕

④ 棍；棒□□**stick**〔stɪk〕

⑤ 馬靴□□**boot**〔but〕

⑥ 滑雪屐□□**ski**〔ski〕

⑦ 溜冰□□**skating**〔ˈsketɪŋ〕

⑧ 溜冰鞋□□**skate**〔sket〕

⑨ 乘橇作滑雪運動

　　　□□**tobogganing**〔təˈbɑgənɪŋ〕

⑩ 雪橇□□**sledge**〔slɛdʒ〕

⑪ 狗車隊□□**dog team**

人體的各部分

① 頭 □□ **head**〔hɛd〕

② 頭髮 □□ **hair**〔hɛr〕

③ 臉部 □□ **face**〔fes〕

④ 額頭 □□ **forehead**〔'fɔr,hɛd〕

⑤ 太陽穴 □□ **temple**〔'tɛmpḷ〕

⑥ 眼睛 □□ **eye**〔aɪ〕

⑦ 頰 □□ **cheek**〔tʃik〕

⑧ 鼻子 □□ **nose**〔noz〕

⑨ 口 □□ **mouth**〔mauθ〕

⑩ 下顎 □□ **jaw**〔dʒɔ〕

⑪ 下頜 □□ **chin**〔tʃɪn〕

⑫ 耳朵 □□ **ear**〔ɪr〕

⑬ 脖子 □□ **neck**〔nɛk〕

⑭ 頸背 □□ *nape of neck*

⑮ 喉嚨 □□ **throat**〔θrot〕

⑯ 肩膀 □□ **shoulder**〔'ʃoldɚ〕

⑰ 肩胛骨 □□ *shoulder blade*

⑱ 背 □□ **back**〔bæk〕

⑲ 胸 □□ **chest**〔tʃɛst〕

⑳ 乳房 □□ **breast**〔brɛst〕

㉑ 腋下 □□ **armpit**〔'ɑrm,pɪt〕

㉒ 手腕 □□ **wrist**〔rɪst〕

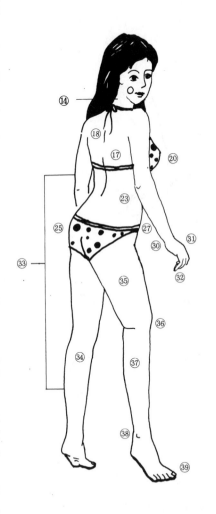

㉓ 腰 ☐☐ **waist** 〔west〕

㉔ 臀部 ☐☐ **hip** 〔hɪp〕

㉕ 屁股 ☐☐ **buttocks** 〔'bʌtəks〕

㉖ 肚臍 ☐☐ **navel** 〔'nevl̩〕

㉗ 腹部 ☐☐ **abdomen** 〔'æbdəmən〕

㉘ 手臂 ☐☐ **arm** 〔ɑrm〕

㉙ 肘部 ☐☐ **elbow** 〔'ɛl,bo〕

㉚ 腕部 ☐☐ **wrist** 〔rɪst〕

㉛ 手 ☐☐ **hand** 〔hænd〕

㉜ 手指 ☐☐ **finger** 〔'fɪŋgɚ〕

㉝ （四）肢 ☐☐ **limb** 〔lɪm〕

㉞ 腿部 ☐☐ **leg** 〔lɛg〕

㉟ 股 ☐☐ **thigh** 〔θaɪ〕

㊱ 膝蓋 ☐☐ **knee** 〔ni〕

㊲ 脛骨 ☐☐ **shank** 〔ʃæŋk〕

㊳ 踝部 ☐☐ **ankle** 〔'æŋkl̩〕

㊴ 足部 ☐☐ **foot** 〔fʊt〕

◆腿部

① 腿□□ **leg** 〔lɛg〕

② 股□□ **thigh** 〔θaɪ〕

③ 膝□□ **knee** 〔ni〕

④ 小腿□□ **calf** 〔kæf〕

⑤ 踝□□ **ankle** 〔'æŋkl̩〕

⑥ 足跟□□ **heel** 〔hil〕

⑦ 脚趾□□ **toe** 〔to〕

⑧ 趾甲□□ **toenail** 〔'to,nel〕

⑨ 大脚趾□□ **big toe**

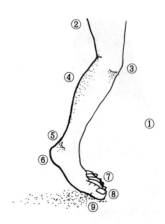

◆人的各種鼻型

① 羅馬鼻□□**Roman nose**

② 朝天鼻□□**retrouss'e nose** 〔rə,tru'se〕

③ 獅子鼻□□**snub nose**

④ 鈕扣鼻（鼻子扁平）
　　□□ **button nose**

⑤ 鷹鈎鼻□□**aquiline nose**

⑥ 希臘鼻□□**Grecian nose**

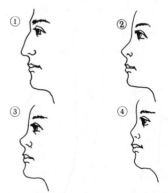

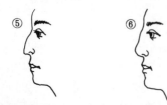

** retrousse 〔rə,tru'se〕 *adj*. 向上翻的
　　（尤指鼻子）
snub 〔snʌb〕 *adj*. （鼻）短而扁的
aquiline 〔'ækwə,laɪn〕 *adj*. 似鷹的

◆手臂

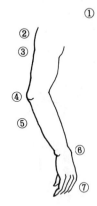

①臂□□ **arm**〔ɑrm〕

②上臂□□ **upper arm**

③手臂彎曲處
　　□□ **crook of the arm**〔krʊk〕

④肘□□ **elbow**〔'ɛl,bo〕

⑤前臂□□ **forearm**〔'for,ɑrm〕

⑥腕□□ **wrist**〔rɪst〕

⑦拳□□ **fist**〔fɪst〕

⑧拇指□□ **thumb**〔θʌm〕

⑨食指□□ **forefinger**
　　　〔'for,fɪŋɡɚ〕

⑩中指□□ **middle finger**

⑪無名指□□ **ring finger**

⑫小拇指□□ **little finger**

⑬指甲□□ **nail**〔nel〕

⑭手掌□□ **palm**〔pɑm〕

⑮指紋□□ **fingerprint**
　　　〔'fɪŋɡɚ,prɪnt〕

⑯指節□□ **knuckle**〔'nʌkḷ〕

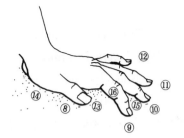

身體的器官

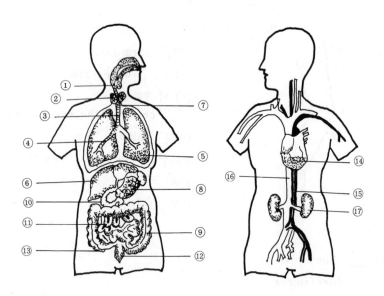

① 喉頭☐☐**larynx**〔ˈlærɪŋks〕

② 甲狀腺☐☐*thyroid gland*

③ 氣管☐☐**windpipe**〔ˈwɪndˌpaɪp〕
　　　　　trachea〔trəˈkiə〕

④ 支氣管☐☐**bronchus**〔ˈbrɑŋkəs〕

⑤ 肺☐☐**lung(s)**〔lʌŋ〕

⑥ 肝臟☐☐**liver**〔ˈlɪvɚ〕

⑦ 食道☐☐**gullet**〔ˈgʌlɪt〕

⑧ 胃☐☐**stomach**〔ˈstʌmək〕

⑨ 大腸☐☐*large intestine*

⑩ 小腸☐☐*small intestine*

⑪ 十二指腸☐☐**duodenum**〔djuəˈdinəm〕

⑫ 直腸☐☐**rectum**〔ˈrɛktəm〕

⑬ 盲腸☐☐**caecum**〔ˈsikəm〕

⑭ 心臟☐☐**heart**〔hɑrt〕

⑮ 動脈☐☐**artery**〔ˈɑrtərɪ〕

⑯ 靜脈☐☐**vein**〔ven〕

⑰ 腎臟☐☐**kidney**〔ˈkɪdnɪ〕

首尾聯想記憶法
掌握造字規則，記憶速度驚人！

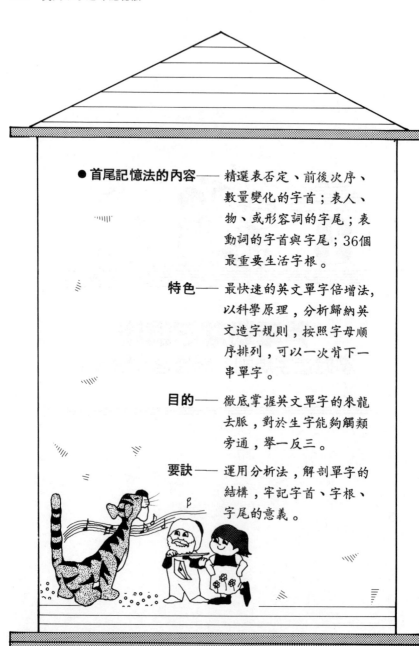

●**首尾記憶法的內容**—— 精選表否定、前後次序、數量變化的字首；表人、物、或形容詞的字尾；表動詞的字首與字尾；36個最重要生活字根。

特色—— 最快速的英文單字倍增法，以科學原理，分析歸納英文造字規則，按照字母順序排列，可以一次背下一串單字。

目的—— 徹底掌握英文單字的來龍去脈，對於生字能夠觸類旁通，舉一反三。

要訣—— 運用分析法，解剖單字的結構，牢記字首、字根、字尾的意義。

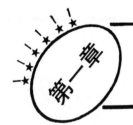

表否定的字首

◆ anti — *against* , *opposite* 「反對；抵抗；相對」

- [ ] **antialien**〔͵æntɪˈelɪən〕*adj.* 排外的
- [ ] **antibiotic**〔͵æntɪbaɪˈɑtɪk〕*n.* 抗生素
- [ ] **antiforeign**〔͵æntɪˈfɑrɪn〕*adj.* 排外的
- [ ] **antiseptic**〔͵æntəˈsɛptɪk〕*n.* 防腐劑
- [ ] **antisocial**〔͵æntɪˈsoʃəl〕*adj.* 不擅社交的
- [ ] **antiwar**〔͵æntəˈwɔr〕*adj.* 反戰的

◆ dis — *not* , *away* 「否定；離開」

- [ ] **disagree**〔͵dɪsəˈgri〕*vi.* 不一致
- [ ] **disappoint**〔͵dɪsəˈpɔɪnt〕*vt.* 使失望
- [ ] **disarmament**〔dɪsˈɑrməmənt〕*n.* 解除武裝
- [ ] **discomfort**〔dɪsˈkʌmfət〕*n.* 不舒服
- [ ] **discontent**〔͵dɪskənˈtɛnt〕*adj.* 不滿意的
- [ ] **discontinuity**〔͵dɪskɑntəˈnjuətɪ〕*n.* 間斷
- [ ] **discord**〔dɪsˈkɔrd〕*n.* 不一致
- [ ] **disgrace**〔dɪsˈgres〕*n.* 不名譽
- [ ] **dishonest**〔dɪsˈɑnɪst〕*adj.* 不誠實的
- [ ] **disloyal**〔dɪsˈlɔɪəl〕*adj.* 不忠的
- [ ] **disobedience**〔͵dɪsəˈbidɪəns〕*n.* 不服從
- [ ] **disorder**〔dɪsˈɔrdə〕*n.* 無秩序
- [ ] **disproof**〔dɪsˈpruf〕*n.* 反證
- [ ] **disproportion**〔͵dɪsprəˈporʃən〕*n.* 不平衡

☐☐**disqualify** 〔dɪs'kwɑləˌfaɪ〕*vt*. 使不適合

☐☐**dissimilar** 〔dɪ'sɪmələ〕*adj*. 不同的

☐☐**dissociate** 〔dɪ'soʃɪˌet〕*vt*. 分離

☐☐**distemper** 〔dɪs'tɛmpə〕*n*. 不健康

☐☐**distrust** 〔dɪs'trʌst〕*n*. 不信

☐☐**disuse** 〔dɪs'jus〕*n*. 不用

❖ ill — *not*「不」

☐☐**illegal** 〔ɪ'ligl̩〕*adj*. 違法的

☐☐**illegible** 〔ɪ'lɛdʒəbl̩〕*adj*. 難認的

☐☐**illicit** 〔ɪ'lɪsɪt〕*adj*. 法所不許的

☐☐**illimitable** 〔ɪ'lɪmɪtəbl̩〕*adj*. 無限的

☐☐**illiterate** 〔ɪ'lɪtərɪt〕*adj*. 不能讀寫的

☐☐**illogical** 〔ɪ'lɑdʒɪkl̩〕*adj*. 不合邏輯的

❖ im — *not*「不」

☐☐**immaterial** 〔ˌɪmə'tɪrɪəl〕*adj*. 不重要的；非物質的

☐☐**immature** 〔ˌɪmə'tjʊr〕*adj*. 未成熟的

☐☐**immeasurable** 〔ɪ'mɛʒərəbl̩〕*adj*. 不能衡量的

☐☐**immediate** 〔ɪ'midɪɪt〕*adj*. 立即的

☐☐**immemorial** 〔ˌɪmə'morɪəl〕*adj*. 太古的

☐☐**immense** 〔ɪ'mɛns〕*adj*. 極廣大的

☐☐**immobile** 〔ɪ'mobl̩〕*adj*. 不能移動的

☐☐**immoderate** 〔ɪ'mɑdərɪt〕*adj*. 無節制的

☐☐**immodest** 〔ɪ'mɑdɪst〕*adj*. 無禮的

☐☐**immoral** 〔ɪ'mɔrəl〕*adj*. 不道德的

☐☐**impartial** 〔ɪm'pɑrʃəl〕*adj*. 公平的

☐☐ **impatient**〔ɪmˈpeʃənt〕*adj.* 不耐煩的

☐☐ **imperceptible**〔ˌɪmpəˈsɛptəbḷ〕*adj.* 不能感覺到的

☐☐ **imperfect**〔ɪmˈpɝfɪkt〕*adj.* 不完全的

☐☐ **impermanent**〔ɪmˈpɝmənənt〕*adj.* 暫時的

☐☐ **impersonal**〔ɪmˈpɝsnḷ〕*adj.* 不具人格的

☐☐ **impervious**〔ɪmˈpɝvɪəs〕*adj.* 不能透過的

☐☐ **impious**〔ˈɪmpɪəs〕*adj.* 不虔敬的

☐☐ **impolite**〔ˌɪmpəˈlaɪt〕*adj.* 無禮的

☐☐ **impossible**〔ɪmˈpɑsəbḷ〕*adj.* 不可能的

☐☐ **improbable**〔ɪmˈprɑbəbḷ〕*adj.* 未必然的

☐☐ **improper**〔ɪmˈprɑpɚ〕*adj.* 不合適的

☐☐ **imprudence**〔ɪmˈprudṇs〕*n.* 不謹慎

☐☐ **impurity**〔ɪmˈpjʊrətɪ〕*n.* 不潔；不純

◆ in — *not*「不」

☐☐ **inaccurate**〔ɪnˈækjərɪt〕*adj.* 不準確的

☐☐ **inactive**〔ɪnˈæktɪv〕*adj.* 不活動的

☐☐ **inanimate**〔ɪnˈænəmɪt〕*adj.* 無生命的

☐☐ **inapproachable**〔ˌɪnəˈprotʃəbḷ〕*adj.* 不可接近的

☐☐ **incalculable**〔ɪnˈkælkjələbḷ〕*adj.* 無數的

☐☐ **incapable**〔ɪnˈkepəbḷ〕*adj.* 無能力的

☐☐ **incautious**〔ɪnˈkɔʃəs〕*adj.* 不注意的

☐☐ **incessant**〔ɪnˈsɛsṇt〕*adj.* 不斷的

☐☐ **incompatible**〔ˌɪnkəmˈpætəbḷ〕*adj.* 不能兩立的；矛盾的

☐☐ **incomplete**〔ˌɪnkəmˈplit〕*adj.* 不完全的

☐☐ **inconsiderate**〔ˌɪnkənˈsɪdərɪt〕*adj.* 不顧及他人的

☐☐ **inconvenient**〔ˌɪnkənˈvinjənt〕*adj.* 不便的

☐☐ **incorrect**〔ˌɪnkəˈrɛkt〕*adj.* 錯誤的

☐ **incredible**〔ɪnˈkrɛdəbḷ〕*adj*. 難以置信的

☐ **incredulous**〔ɪnˈkrɛdʒələs〕*adj*. 不輕信的

☐ **indecisive**〔͵ɪndɪˈsaɪsɪv〕*adj*. 無決定性的

☐ **indefinite**〔ɪnˈdɛfənɪt〕*adj*. 不確定的

☐ **independent**〔͵ɪndɪˈpɛndənt〕*adj*. 獨立的

☐ **indeterminate**〔͵ɪndɪˈtɝmənɪt〕*adj*. 不確實的

☐ **indignity**〔ɪnˈdɪgnətɪ〕*n*. 輕蔑

☐ **indirect**〔͵ɪndəˈrɛkt〕*adj*. 間接的

☐ **indiscriminate**〔͵ɪndɪˈskrɪmənɪt〕*adj*.不辨善惡的；不加選擇的

☐ **indispensable**〔͵ɪndɪsˈpɛnsəbḷ〕*adj*. 不可缺少的

☐ **indistinct**〔͵ɪndɪˈstɪŋkt〕*adj*. 不清楚的

☐ **inequality**〔͵ɪnɪˈkwɑlətɪ〕*n*. 不平等

☐ **inexact**〔͵ɪnɪgˈzækt〕*adj*.不精確的

☐ **inexpensive**〔͵ɪnɪkˈspɛnsɪv〕*adj*.廉價的

☐ **inexperience**〔͵ɪnɪkˈspɪrɪəns〕*n*. 無經驗

☐ **inexpert**〔͵ɪnɪksˈpɝt〕*adj*. 不熟練的

☐ **infamous**〔ˈɪnfəməs〕*adj*. 無恥的

☐ **infinite**〔ˈɪnfənɪt〕*adj*. 無限的

☐ **informal**〔ɪnˈfɔrmḷ〕*adj*. 非正式的

☐ **infrequent**〔ɪnˈfrikwənt〕*adj*. 稀少的

☐ **inhuman**〔ɪnˈhjumən〕*adj*. 無情的

☐ **injustice**〔ɪnˈdʒʌstɪs〕*n*. 不公正

☐ **innumerable**〔ɪˈnjumərəbḷ〕*adj*. 無數的

☐ **inopportune**〔͵ɪnɑpəˈtjun〕*adj*. 時機不宜的

☐ **inordinate**〔ɪnˈɔrdṇɪt〕*adj*. 無節制的

☐ **insane**〔ɪnˈsen〕*adj*. 患精神病的

☐ **insanitary**〔ɪnˈsænə͵tɛrɪ〕*adj*. 不衛生的

☐ **insensibility**〔͵ɪnsɛnsəˈbɪlətɪ〕*n*. 無感覺

☐☐ **inseparable** 〔ɪnˈsɛpərəbl̩〕 *adj.* 不能分離的

☐☐ **insignificant** 〔ˌɪnsɪɡˈnɪfəkənt〕 *adj.* 無關重要的

☐☐ **insincere** 〔ˌɪnsɪnˈsɪr〕 *adj.* 不誠懇的

☐☐ **insoluble** 〔ɪnˈsɑljəbl̩〕 *adj.* 不能溶解的

☐☐ **insufficient** 〔ˌɪnsəˈfɪʃənt〕 *adj.* 不充足的

☐☐ **invincible** 〔ɪnˈvɪnsəbl̩〕 *adj.* 難以克服的

☐☐ **invisible** 〔ɪnˈvɪzəbl̩〕 *adj.* 看不見的

◆ ir — *not*「不」

☐☐ **irrational** 〔ɪˈræʃənl̩〕 *adj.* 不合理的

☐☐ **irreclaimable** 〔ˌɪrɪˈkleməbl̩〕 *adj.* 不能挽回的

☐☐ **irreconcilable** 〔ɪˈrɛkənˌsaɪləbl̩〕 *adj.* 不能和解的

☐☐ **irrecoverable** 〔ˌɪrɪˈkʌvərəbl̩〕 *adj.* 不能挽回的

☐☐ **irrefutable** 〔ˌɪrrɪˈfjutəbl̩〕 *adj.* 不能反駁的

☐☐ **irregular** 〔ɪˈrɛɡjələ〕 *adj.* 不規則的

☐☐ **irrelevant** 〔ɪˈrɛləvənt〕 *adj.* 不相關的

☐☐ **irreligious** 〔ˌɪrɪˈlɪdʒəs〕 *adj.* 無宗敎的

☐☐ **irresistible** 〔ˌɪrɪˈzɪstəbl̩〕 *adj.* 不可抵抗的

☐☐ **irresolute** 〔ɪˈrɛzəˌlut〕 *adj.* 猶豫不決的

☐☐ **irrespective** 〔ˌɪrɪˈspɛktɪv〕 *adj.* 不顧的

☐☐ **irresponsible** 〔ˌɪrɪˈspɑnsəbl̩〕 *adj.* 不須負責任的

☐☐ **irrevocable** 〔ɪˈrɛvəkəbl̩〕 *adj.* 不能撤回的

◆ mis — *error*「錯誤」

☐☐ **misanthrope** 〔ˈmɪsənˌθrop〕 *n.* 厭世者

☐☐ **misapply** 〔ˌmɪsəˈplaɪ〕 *vt.* 誤用

☐☐ **misbehavior** 〔ˌmɪsbɪˈhevjə〕 *n.* 品行不良

☐ **miscalculate** 〔mɪs'kælkjə‚let〕 *vt.* 誤算

☐ **mischance** 〔mɪs'tʃæns〕 *n.* 不幸

☐ **mischief** 〔'mɪstʃɪf〕 *n.* 災害

☐ **misconduct** 〔mɪs'kandʌkt〕 *n.* 行爲不檢

☐ **misdeed** 〔mɪs'did〕 *n.* 惡行

☐ **misdemeanor** 〔‚mɪsdɪ'minɚ〕 *n.* 輕罪

☐ **misfit** 〔mɪs'fɪt〕 *n.* 不適合

☐ **misfortune** 〔mɪs'fɔrtʃən〕 *n.* 不幸

☐ **misgiving** 〔mɪs'gɪvɪŋ〕 *n.* 疑懼

☐ **mislead** 〔mɪs'lid〕 *vt.* 導入歧途

☐ **misquote** 〔mɪs'kwot〕 *vt.* 誤引用

☐ **mistake** 〔mɪs'tek〕 *n.* 錯誤

☐ **mistrust** 〔mɪs'trʌst〕 *vt.* 不信

☐ **misunderstand** 〔‚mɪsʌndɚ'stænd〕 *vt.* 誤會

☐ **misuse** 〔mɪs'juz〕 *vt.* 誤用

◆ non — *not* 「不」

☐ **nonage** 〔'nanɪdʒ〕 *n.* 未成年

☐ **noncooperation** 〔‚nanko‚apə'reʃən〕 *n.* 不合作

☐ **nondelivery** 〔‚nandɪ'lɪvərɪ〕 *n.* 不交付

☐ **nondescript** 〔'nandɪ‚skrɪpt〕 *adj.* 莫可名狀的

☐ **nonfiction** 〔nan'fɪkʃən〕 *n.* 非小說性的散文文學

☐ **nonmetal** 〔nan'mɛtl̩〕 *n.* 非金屬

☐ **nonpayment** 〔nan'pemənt〕 *n.* 不支付

☐ **nonprofit** 〔nan'prafɪt〕 *adj.* 非營利的

☐ **nonsense** 〔'nansɛns〕 *n.* 無意義

☐ **nonsmoker** 〔nan'smokɚ〕 *n.* 不抽菸的人

☐ **nonstop** 〔'nan'stap〕 *adj.* 中途不停的

☐☐ **nonviolent**〔nɑn'vaɪələnt〕*adj.* 非暴力的

❖ **un**（形容詞）— *not*「**不**」

☐☐ **unable**〔ʌn'ebḷ〕*adj.* 不能的

☐☐ **unacceptable**〔ˌʌnək'sɛptəbḷ〕*adj.* 不能接受的

☐☐ **unacquainted**〔ˌʌnə'kwentɪd〕*adj.* 不知的

☐☐ **unaffected**〔ˌʌnə'fɛktɪd〕*adj.* 未受影響的

☐☐ **unattractive**〔ˌʌnə'træktɪv〕*adj.* 不引人注目的

☐☐ **unauthorized**〔ʌn'ɔθəˌraɪzd〕*adj.* 無權的

☐☐ **unavailable**〔ˌʌnə'veləbḷ〕*adj.* 不能利用的

☐☐ **unaware**〔ˌʌnə'wɛr〕*adj.* 不知道的

☐☐ **unbearable**〔ʌn'bɛrəbḷ〕*adj.* 不堪忍受的

☐☐ **unbroken**〔ʌn'brokən〕*adj.* 未被打破的

☐☐ **unburned**〔ʌn'bɝnd〕*adj.* 未燒過的

☐☐ **uncertain**〔ʌn'sɝtṇ〕*adj.* 不確實的

☐☐ **unclean**〔ʌn'klin〕*adj.* 不潔淨的

☐☐ **uncomfortable**〔ʌn'kʌmfətəbḷ〕*adj.* 不舒適的

☐☐ **unconscious**〔ʌn'kɑnʃəs〕*adj.* 無意識的

☐☐ **uncooked**〔ʌn'kʊkt〕*adj.* 未煮的

☐☐ **uncourteous**〔ʌn'kɝtɪəs〕*adj.* 粗魯無禮的

☐☐ **undefined**〔ˌʌndɪ'faɪnd〕*adj.* 未闡明的

☐☐ **undesirable**〔ˌʌndɪ'zaɪrəbḷ〕*adj.* 不良的

☐☐ **undeveloped**〔ˌʌndɪ'vɛləpt〕*adj.* 未發達的

☐☐ **undoubted**〔ʌn'daʊtɪd〕*adj.* 確實的

☐☐ **uneasy**〔ʌn'izɪ〕*adj.* 不舒適的

☐☐ **uneducated**〔ʌn'ɛdʒəˌketɪd〕*adj.* 未受教育的

☐☐ **unemployed**〔ˌʌnɪm'plɔɪd〕*adj.* 失業的

☐☐ **unequal**〔ʌn'ikwəl〕*adj.* 不等的

☐☐ **unessential**〔͵ʌnə'sɛnʃəl〕*adj.* 非主要的

☐☐ **uneven**〔ʌn'ivən〕*adj.* 不平坦的

☐☐ **unexpected**〔͵ʌnɪk'spɛktɪd〕*adj.* 意外的

☐☐ **unfair**〔ʌn'fɛr〕*adj.* 不正直的

☐☐ **unfaithful**〔ʌn'feθfəl〕*adj.* 不忠實的

☐☐ **unfamiliar**〔͵ʌnfə'mɪljɚ〕*adj.* 不熟悉的

☐☐ **unfit**〔ʌn'fɪt〕*adj.* 不適當的

☐☐ **unhappy**〔ʌn'hæpɪ〕*adj.* 不快樂的

☐☐ **unhealthy**〔ʌn'hɛlθɪ〕*adj.* 不健康的

☐☐ **unjust**〔ʌn'dʒʌst〕*adj.* 不公平的

☐☐ **unkind**〔ʌn'kaɪnd〕*adj.* 不親切的

☐☐ **unknown**〔ʌn'non〕*adj.* 未知的

☐☐ **unlike**〔ʌn'laɪk〕*adj.* 不同的

☐☐ **unlikely**〔ʌn'laɪklɪ〕*adj.* 不像是真的

☐☐ **unlimited**〔ʌn'lɪmɪtɪd〕*adj.* 無限的

☐☐ **unlucky**〔ʌn'lʌkɪ〕*adj.* 不幸的

☐☐ **unmarried**〔ʌn'mærɪd〕*adj.* 未婚的

☐☐ **unnatural**〔ʌn'nætʃərəl〕*adj.* 不自然的

☐☐ **unnecessary**〔ʌn'nɛsə͵sɛrɪ〕*adj.* 不必要的

☐☐ **unobserved**〔͵ʌnəb'zɝvd〕*adj.* 未注意到的

☐☐ **unorganized**〔ʌn'ɔrgən͵aɪzd〕*adj.* 無組織的

☐☐ **unpaid**〔ʌn'ped〕*adj.* 未付的

☐☐ **unpleasant**〔ʌn'plɛzn̩t〕*adj.* 使人不快的

☐☐ **unpopular**〔ʌn'pɑpjəlɚ〕*adj.* 不流行的

☐☐ **unprofitable**〔ʌn'prɑfɪtəbl̩〕*adj.* 無益的

☐☐ **unreal**〔ʌn'ril〕*adj.* 不真實的

☐☐ **unreasonable**〔ʌn'riznəbl̩〕*adj.* 不合理的

☐☐ **unreligious**〔͵ʌnrɪ'lɪdʒəs〕*adj.* 無宗教的

☐☐ **unrestful**〔ʌn'rɛstfəl〕*adj.* 不寧靜的

☐☐ **unsatisfactory**〔͵ʌnsætɪs'fæktrɪ〕*adj.* 不能令人滿意的

☐☐ **unseen**〔ʌn'sin〕*adj.* 未看見的

☐☐ **unsettled**〔ʌn'sɛtl̩d〕*adj.* 未決的

☐☐ **unskillful**〔ʌn'skɪlfəl〕*adj.* 笨拙的

☐☐ **unsound**〔ʌn'saʊnd〕*adj.* 不健康的

☐☐ **unspeakable**〔ʌn'spikəbl̩〕*adj.* 無法形容的

☐☐ **unsuitable**〔ʌn'sjutəbl̩〕*adj.* 不合適的

☐☐ **untimely**〔ʌn'taɪmlɪ〕*adj.* 不合時宜的

☐☐ **untold**〔ʌn'told〕*adj.* 未說出的

☐☐ **untouchable**〔ʌn'tʌtʃəbl̩〕*adj.* 不能觸摸的

☐☐ **untrained**〔ʌn'trend〕*adj.* 未受訓練的

☐☐ **unusual**〔ʌn'juʒʊəl〕*adj.* 非常的；稀罕的

☐☐ **unwell**〔ʌn'wɛl〕*adj.* 有病的

☐☐ **unwilling**〔ʌn'wɪlɪŋ〕*adj.* 不情願的

☐☐ **unworthy**〔ʌn'wɝðɪ〕*adj.* 無價值的

◆ un（動詞）— *not*「**不**」

☐☐ **unarm**〔ʌn'ɑrm〕*vt.* 解除…的武裝

☐☐ **unbend**〔ʌn'bɛnd〕*vt.* 使變直

☐☐ **unbind**〔ʌn'baɪnd〕*vt.* 解開

☐☐ **unbosom**〔ʌn'bʊzəm〕*vt.* 告知；表白

☐☐ **unburden**〔ʌn'bɝdn̩〕*vt.* 釋負

☐☐ **unbutton**〔ʌn'bʌtn̩〕*vt.* 解開…的鈕扣

☐☐ **unclose**〔ʌn'kloz〕*vt.* 打開

☐☐ **unclothe**〔ʌn'kloð〕*vt.* 脫掉～的衣服

☐☐ **uncover**〔ʌn'kʌvɚ〕*vt.* 移去～的覆蓋物

☐☐ **undeceive**〔͵ʌndɪ'siv〕*vt.* 使不再受欺騙；使明實情

□□**undo** 〔ʌn'du〕 *vt.* 解開

□□**unearth** 〔ʌn'ɝθ〕 *vt.* 發掘

□□**unfix** 〔ʌn'fɪks〕 *vt.* 解開

□□**unlearn** 〔ʌn'lɝn〕 *vt.* 忘却

□□**unlock** 〔ʌn'lɑk〕 *vt.* 開…的鎖

□□**unriddle** 〔ʌn'rɪdl̩〕 *vt.* 解明

□□**unroot** 〔ʌn'rut〕 *vt.* 連根拔除

□□**unseal** 〔ʌn'sil〕 *vt.* 開…的封緘

□□**unseat** 〔ʌn'sit〕 *vt.* 使去職

□□**unsettle** 〔ʌn'sɛtl̩〕 *vt.* 攪亂

□□**unship** 〔ʌn'ʃɪp〕 *vt.* 自船卸（貨）

□□**unstick** 〔ʌn'stɪk〕 *vt.* 扯開

□□**untie** 〔ʌn'taɪ〕 *vt.* 解開

●趣味單字小常識●

4	quadr-	quadrangle〔'kwɑdræŋgl̩〕 *n.* 四角形
8	oct-	octopus〔'ɑktəpəs〕 *n.* 章魚
$\frac{1}{10}$	deci-	decigram〔'dɛsə,græm〕 *n.* 公釐 （十分之一克）
$\frac{1}{100}$	cent(i)-	centimeter〔'sɛntə,mitɚ〕 *n.* 公分 （百分之一米）
1000	kilo-	kilowatt〔'kɪlə,wɑt〕 *n.*（電）瓩 （= 1,000 watts）
$\frac{1}{1000}$	milli-	millimetre〔'mɪlə,mitɚ〕 *n.* 公釐 （千分之一米）

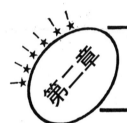

表前後次序的字首

◆ fore — *before* 「在～之前；前面」

☐ **forebear** 〔'for,bɛr〕 *n*. 祖先

☐ **foreboding** 〔for'bodɪŋ〕 *n*. 預言

☐ **forecabin** 〔'for,kæbɪn〕 *n*. 船首的客艙

☐ **forecast** 〔'for,kæst〕 *n*. 預言

☐ **forefather** 〔'for,fɑðɚ〕 *n*. 祖先

☐ **forefinger** 〔'for,fɪŋgɚ〕 *n*. 食指

☐ **forefoot** 〔'for,fʊt〕 *n*. 四足動物之前足

☐ **forefront** 〔'for,frʌnt〕 *n*. 最前部

☐ **forego** 〔for'go〕 *vt*. 在…之前

☐ **foreground** 〔'for,graʊnd〕 *n*. 前景

☐ **forehand** 〔'for,hænd〕 *adj*. 前面的

☐ **forehead** 〔'fɔr,hɛd〕 *n*. 前額

☐ **foremost** 〔'for,most〕 *adj*. 最先的

☐ **forenoon** 〔for'nun〕 *n*. 午前

☐ **forerunner** 〔for'rʌnɚ〕 *n*. 前鋒

☐ **foresee** 〔for'si〕 *vt*. 預知

☐ **foresight** 〔'for,saɪt〕 *n*. 先見之明

☐ **forestall** 〔for'stɔl〕 *vt*. 先發制人

☐ **foretooth** 〔'for,tuθ〕 *n*. 前齒

☐ **foretaste** 〔'for,test〕 *n*. 預嘗

☐ **foretell** 〔for'tɛl〕 *vt*. 預言

☐ **foreword** 〔'for,wɝd〕 *n*. 前言

◆ inter — *between*, *among* 「**在～之間**」

☐☐**interaction** 〔ˌɪntɚˈækʃən〕 *n*. 交互作用

☐☐**interblend** 〔ˌɪntɚˈblɛnd〕 *vt*. 混合

☐☐**interbreed** 〔ˌɪntɚˈbrid〕 *vt*. 雜交繁殖

☐☐**intercession** 〔ˌɪntɚˈsɛʃən〕 *n*. 從中調停

☐☐**interchange** 〔ˌɪntɚˈtʃendʒ〕 *vt*. 交換

☐☐**intercourse** 〔ˈɪntɚˌkors〕 *n*. 交往

☐☐**interdependence** 〔ˌɪntɚdɪˈpɛndəns〕 *n*. 相依

☐☐**interfere** 〔ˌɪntɚˈfɪr〕 *vi*. 衝突

☐☐**interior** 〔ɪnˈtɪrɪɚ〕 *n*. 內部

☐☐**interlace** 〔ˌɪntɚˈles〕 *vt*. 編織

☐☐**intermarry** 〔ˌɪntɚˈmærɪ〕 *vi*. 通婚

☐☐**international** 〔ˌɪntɚˈnæʃənļ〕 *adj*. 國際的

☐☐**interpose** 〔ˌɪntɚˈpoz〕 *vt*. 置於…之間

☐☐**interrupt** 〔ˌɪntɚˈrʌpt〕 *vt*. 打斷

☐☐**interstate** 〔ˈɪntɚˌstet〕 *adj*. 州際的

☐☐**intervene** 〔ˌɪntɚˈvin〕 *vi*. 插入

☐☐**interview** 〔ˈɪntɚˌvju〕 *n*. 接見

☐☐**interwar** 〔ˈɪntɚˌwɔr〕 *adj*. 兩次戰爭之間的

◆ post — *after* 「**在～之後**」

☐☐**postdate** 〔ˌpostˈdet〕 *vt*. 把日期填遲

☐☐**posterior** 〔pasˈtɪrɪɚ〕 *adj*. 後面的

☐☐**posterity** 〔pasˈtɛrətɪ〕 *n*. 子孫

☐☐**postgraduate** 〔postˈgrædʒuɪt〕 *n*. 研究生

☐☐**posthumous**〔'pɑstʃumәs〕*adj.* 死後的；遺著的
☐☐**postmeridian**〔͵postmә'rɪdɪәn〕*adj.* 午後的 (p.m. = post meridiem)
☐☐**postpone**〔post'pon〕*vt.* 延擱
☐☐**postwar**〔'post'wɔr〕*adj.* 戰後的

◆ pre — *before*「**在～之前**」

☐☐**prearrange**〔͵priә'rendʒ〕*vt.* 預定
☐☐**precaution**〔prɪ'kɔʃәn〕*n.* 預防
☐☐**precede**〔prɪ'sid〕*vt.* 在前
☐☐**predate**〔pri'det〕*vt.* 填比實際日期較早之日期
☐☐**predecessor**〔͵prɛdɪ'sɛsɚ〕*n.* 前任

☐☐**predict**〔prɪ'dɪkt〕*vt.* 預知
☐☐**prefab**〔pri'fæb〕*adj.* 預先建造的
☐☐**prefix**〔'prifɪks〕*n.* 字首
☐☐**preface**〔'prɛfɪs〕*n.* 序文
☐☐**prehistoric**〔͵priɪs'tɔrɪk〕*adj.* 史前的

☐☐**prewar**〔pri'wɔr〕*adj.* 戰前的
☐☐**preliminary**〔prɪ'lɪmә͵nɛrɪ〕*adj.* 初步的
☐☐**premature**〔͵primә'tjʊr〕*adj.* 未成熟的
☐☐**premonition**〔͵primә'nɪʃәn〕*n.* 預告
☐☐**prelude**〔'prilud〕*n.* 序言

☐☐**preoccupied**〔pri'ɑkjә͵paɪd〕*adj.* 心神不安的
☐☐**prepaid**〔pri'ped〕*adj.* 先付的
☐☐**preposition**〔͵prɛpә'zɪʃәn〕*n.* 介系詞
☐☐**prepossession**〔͵pripә'zɛʃәn〕*n.* 偏愛
☐☐**prescient**〔'prɛʃɪәnt〕*adj.* 預知的

表數量變化的字首

❖ bi — *two*「二；雙」

☐☐ **biannual**〔baɪ'ænjʊəl〕*adj.* 一年二度的
☐☐ **bicolor**〔'baɪ,kʌlə〕*adj.* 二色的
☐☐ **bicycle**〔'baɪsɪkl̩〕*n.* 脚踏車
☐☐ **biennial**〔baɪ'ɛnɪəl〕*adj.* 二年一次的
☐☐ **bifocal**〔baɪ'fokl̩〕*adj.* 有二個焦點的

☐☐ **bimonthly**〔baɪ'mʌnθlɪ〕*adj.* 兩個月一回的
☐☐ **binal**〔'baɪnəl〕*adj.* 雙重的
☐☐ **binary**〔'baɪnərɪ〕*adj.* 兩重的
☐☐ **binocular**〔baɪ'nɑkjələ〕*adj.* 雙眼並用的
☐☐ **biped**〔'baɪpɛd〕*n.* 兩足動物

☐☐ **bisect**〔baɪ'sɛkt〕*vt.* 分切為二
☐☐ **biweekly**〔baɪ'wiklɪ〕*adj.* 兩週一次的(或一週二次的)
☐☐ **biyearly**〔baɪ'jɪrlɪ〕*adj.* 兩年一次的(或一年兩次的)

❖ di — *two*「二；雙」

☐☐ **dilemma**〔də'lɛmə〕*n.* 困難的選擇
☐☐ **diphthong**〔'dɪfθɔŋ〕*n.* 雙元音

❖ mono — *one*「一；單」

☐☐ **monochrome**〔'mɑnə,krom〕*n.* 單色畫

⬜⬜**monocle**〔'manəkḷ〕*n.* 單眼鏡

⬜⬜**monogamy**〔mə'nagəmɪ〕*n.* 一夫一妻制

⬜⬜**monologue**〔'manḷ,ɔg〕*n.* 獨白

⬜⬜**monomaniac**〔,manə'menɪ,æk〕*n.* 偏執狂者

⬜⬜**monopoly**〔mə'napḷɪ〕*n.* 獨占

⬜⬜**monotone**〔'manə,ton〕*n.* 單調

⬜⬜**monotheism**〔'manəθi,ɪzəm〕*n.* 一神論

◈ mul — *many*「**很多**」

⬜⬜**multiply**〔'mʌltə,plaɪ〕*vt.,vi.* 增加；繁殖；乘

⬜⬜**multitude**〔'mʌltə,tjud〕*n.* 多數；群衆；民衆

⬜⬜**multivocal**〔mʌl'tɪvəkḷ〕*adj.* 表多種意義的

⬜⬜**multocular**〔mʌl'takjələ〕*adj.* 多眼的

◈ poly — *many*「**很多**」

⬜⬜**polygamy**〔pə'lɪgəmɪ〕*n.* 一夫多妻（*gamy* = marrige）

⬜⬜**polyglot**〔'palɪ,glat〕*adj.,n.* 通曉數種語言的（人）

⬜⬜**polygon**〔'palɪ,gan〕*n.* 多角形；多邊形（*gon* = angle）

⬜⬜**polytheism**〔'paləθi,ɪzəm〕*n.* 多神論

◈ tri — *three*「**三**」

⬜⬜**triangle**〔'traɪ,æŋgḷ〕*n.* 三角形

⬜⬜**tricolor**〔'traɪ,kʌlə〕*adj.* 三色的

⬜⬜**tricycle**〔'traɪsɪkḷ〕*n.* 三輪車

⬜⬜**trinal**〔'traɪnḷ〕*adj.* 三倍的

⬜⬜**trinity**〔'trɪnətɪ〕*n.* 三個之一組

☐☐ **trio** 〔'traɪo〕 *n.* 三人或三物之一組

☐☐ **triple** 〔'trɪpl̩〕 *adj.* 三倍的

☐☐ **triplet** 〔'trɪplɪt〕 *n.* 同胎三嬰兒之一

☐☐ **triplicate** 〔'trɪpləket〕 *vt.* 使成三倍

☐☐ **triweekly** 〔traɪ'wiklɪ〕 *adj.* 一週三次的

☐☐ **triptych** 〔'trɪptɪk〕 *n.* 三張或三塊連在一起可摺疊之圖畫或雕刻

❖ **twi** — *two* 「二；雙；合」

☐☐ **twin** 〔twɪn〕 *n.* 孿生子之一

☐☐ **twice** 〔twaɪs〕 *adv.* 兩次

☐☐ **twine** 〔twaɪn〕 *n.* 合股線；細繩

❖ **uni** — *one* 「一；單」

☐☐ **unicellular** 〔ˌjunɪ'sɛljələ〕 *adj.* 單細胞的

☐☐ **unicorn** 〔'junɪˌkɔrn〕 *n.* 獨角獸；麒麟

☐☐ **unicycle** 〔'junɪˌsaɪkl̩〕 *n.* 獨輪車

☐☐ **uniform** 〔'junəˌfɔrm〕 *n.* 制服

☐☐ **unify** 〔'junəˌfaɪ〕 *vt.* 統一

☐☐ **union** 〔'junjən〕 *n.* 聯合

☐☐ **unique** 〔ju'nik〕 *adj.* 唯一的

☐☐ **unit** 〔'junɪt〕 *n.* 單位；一個

☐☐ **unite** 〔jʊ'naɪt〕 *vt.* 聯合

☐☐ **united** 〔jʊ'naɪtɪd〕 *adj.* 聯合的

☐☐ **unity** 〔'junətɪ〕 *n.* 單一；統一

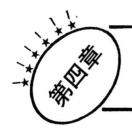

表人或物的字尾

❖ -er

- □□ **bystander** 〔'baɪˌstændə〕 n. 旁觀者
- □□ **duster** 〔'dʌstə〕 n. 除塵器
- □□ **employer** 〔ɪm'plɔɪə〕 n. 雇主
- □□ **foreigner** 〔'fɑrɪnə〕 n. 外國人
- □□ **researcher** 〔rɪ'sɜtʃə〕 n. 研究者

- □□ **reviewer** 〔rɪ'vjuə〕 n. 評論家
- □□ **speaker** 〔'spikə〕 n. 說話者
- □□ **stranger** 〔'strendʒə〕 n. 陌生人
- □□ **teacher** 〔'titʃə〕 n. 教師
- □□ **treasurer** 〔'trɛʒərə〕 n. 會計

❖ -ess,-ine

- □□ **actor** 〔'æktə〕 n. 演員
  actress 〔'æktrɪs〕 n. 女演員
- □□ **author** 〔'ɔθə〕 n. 作家
  authoress 〔'ɔθərɪs〕 n. 女作家
- □□ **emperor** 〔'ɛmpərə〕 n. 皇帝
  empress 〔'ɛmprɪs〕 n. 女皇；皇后
- □□ **god** 〔gɑd〕 n. 神
  goddess 〔'gɑdɪs〕 n. 女神

- [ ] **hero** ['hɪro] *n.* 英雄
  heroine ['hɛroɪn] *n.* 女英雄
- [ ] **waiter** ['wetɚ] *n.* 侍者
  waitress ['wetrɪs] *n.* 女侍者

◈ -ist

- [ ] **artist** ['artɪst] *n.* 藝術家
- [ ] **communist** ['kamjʊ,nɪst] *n.* 共產主義者
- [ ] **dentist** ['dɛntɪst] *n.* 牙醫
- [ ] **economist** [ɪ'kanəmɪst] *n.* 經濟學家
- [ ] **egoist** ['igoɪst] *n.* 利己主義者

- [ ] **fatalist** ['fetḷɪst] *n.* 宿命論者
- [ ] **nationalist** ['næʃənḷɪst] *n.* 民族主義者
- [ ] **scientist** ['saɪəntɪst] *n.* 科學家
- [ ] **socialist** ['soʃəlɪst] *n.* 社會主義者
- [ ] **tourist** ['tʊrɪst] *n.* 旅行者

◈ -or

- [ ] **benefactor** [,bɛnə'fæktɚ] *n.* 恩人
- [ ] **conqueror** ['kaŋkərɚ] *n.* 征服者
- [ ] **creditor** ['krɛdɪtɚ] *n.* 債主
- [ ] **editor** ['ɛdɪtɚ] *n.* 編輯
- [ ] **elevator** ['ɛlə,vetɚ] *n.* 電梯

- [ ] **governor** ['gʌvənɚ] *n.* 統治者
- [ ] **supervisor** [,sjupɚ'vaɪzɚ] *n.* 監督者
- [ ] **traitor** ['tretɚ] *n.* 賣國賊

表形容詞的字尾

◆ -able（表「有能力」、「易做」、「適合」、「足以做～」）

☐☐ **admirable** ['ædmərəbḷ] *adj.* 可欽佩的
☐☐ **available** [ə'veləbḷ] *adj.* 可用的
☐☐ **changeable** ['tʃendʒəbḷ] *adj.* 可改變的
☐☐ **comparable** ['kɑmpərəbḷ] *adj.* 可比的
☐☐ **controllable** [kən'troləbḷ] *adj.* 可控制的

☐☐ **eatable** ['itəbḷ] *adj.* 可吃的
☐☐ **inevitable** [ɪn'ɛvətəbḷ] *adj.* 不可避免的
☐☐ **laughable** ['læfəbḷ] *adj.* 可笑的
☐☐ **lovable** ['lʌvəbḷ] *adj.* 可愛的
☐☐ **movable** ['muvəbḷ] *adj.* 可動的

☐☐ **payable** ['peəbḷ] *adj.* 應付的
☐☐ **portable** ['portəbḷ] *adj.* 可攜帶的
☐☐ **reliable** [rɪ'laɪəbḷ] *adj.* 可靠的
☐☐ **taxable** ['tæksəbḷ] *adj.* 應被課稅的
☐☐ **understandable** [ˌʌndɚ'stændəbḷ] *adj.* 可被了解的
☐☐ **unforgettable** [ˌʌnfɚ'gɛtəbḷ] *adj.* 令人難忘的
☐☐ **valuable** ['væljʊəbḷ] *adj.* 有價值的

◆ -able 的變形

☐☐ **audible** ['ɔdəbḷ] *adj.* 聽得見的
☐☐ **flexible** ['flɛksəbḷ] *adj.* 易彎曲的

☐☐**horrible**〔'hɑrəbḷ〕*adj.* 可怕的
☐☐**sensible**〔'sɛnsəbḷ〕*adj.* 可感覺的
☐☐**visible**〔'vɪzəbḷ〕*adj.* 可見的

❖ **-less**（表否定、無、不可能）

☐☐**aimless**〔'emlɪs〕*adj.* 無目的的
☐☐**boundless**〔'baʊndlɪs〕*adj.* 無限的
☐☐**breathless**〔'brɛθlɪs〕*adj.* 喘氣的
☐☐**careless**〔'kɛrlɪs〕*adj.* 粗心的
☐☐**childless**〔'tʃaɪldlɪs〕*adj.* 無子的

☐☐**ceaseless**〔'sislɪs〕*adj.* 永不停止的
☐☐**countless**〔'kaʊntlɪs〕*adj.* 無數的
☐☐**doubtless**〔'daʊtlɪs〕*adv.* 無疑地
☐☐**guiltless**〔'gɪltlɪs〕*adj.* 無罪的
☐☐**homeless**〔'homlɪs〕*adj.* 無家可歸的

☐☐**hopeless**〔'hoplɪs〕*adj.* 無希望的
☐☐**moneyless**〔'mʌnɪlɪs〕*adj.* 無錢的
☐☐**penniless**〔'pɛnɪlɪs〕*adj.* 身無分文的
☐☐**regardless**〔rɪ'gɑrdlɪs〕*adj.* 不顧
☐☐**restless**〔'rɛstlɪs〕*adj.* 不安靜的
☐☐**tireless**〔'taɪrlɪs〕*adj.* 不知疲倦的
☐☐**useless**〔'juslɪs〕*adj.* 無用的

❖ **-ly**

☐☐**brotherly**〔'brʌðəlɪ〕*adj.* 兄弟的
☐☐**beastly**〔'bistlɪ〕*adj.* 獸性的

☐☐ **bodily**〔'bɑdlɪ〕 *adj.* 身體上的

☐☐ **cowardly**〔'kauɚdlɪ〕 *adj.* 卑怯的

☐☐ **deadly**〔'dɛdlɪ〕 *adj.* 致命的

☐☐ **friendly**〔'frɛndlɪ〕 *adj.* 友善的

☐☐ **gentlemanly**〔'dʒɛntlmənlɪ〕 *adj.* 紳士的

☐☐ **heavenly**〔'hɛvənlɪ〕 *adj.* 天國的

☐☐ **lovely**〔'lʌvlɪ〕 *adj.* 可愛的

❖ **-ly**（*表時間的形容詞*）

☐☐ **hourly**〔'aurlɪ〕 *adj.* 每小時

☐☐ **daily**〔'delɪ〕 *adj.* 每日的

☐☐ **weekly**〔'wiklɪ〕 *adj.* 每週的

☐☐ **monthly**〔'mʌnθlɪ〕 *adj.* 每月的

☐☐ **quarterly**〔'kwɔrtəlɪ〕 *adj.* 每季的

☐☐ **yearly**〔'jɪrlɪ〕 *adj.* 每年的

❖ **- ite**

☐☐ **opposite**〔'ɑpəzɪt〕 *adj.* 相對的

☐☐ **composite**〔kəm'pɑzɪt〕 *adj.* 混合成的

☐☐ **definite**〔'dɛfənɪt〕 *adj.* 明白的

☐☐ **favorite**〔'fevərɪt〕 *adj.* 最喜愛的

❖ **- some**（same 的變化形，表「像～樣的」、「有～傾向」。）

☐☐ **blithesome**〔'blaɪðsəm〕 *adj.* 喜樂的

☐☐ **burdensome**〔'bɝdn̩səm〕 *adj.* 累人的

☐☐ **frolicsome**〔'frɑlɪksəm〕 *adj.* 嬉戲的

☐☐ **handsome**〔'hænsəm〕 *adj.* 英俊的

☐☐ **irksome** 〔ˈɝksəm〕 *adj*. 令人煩惱的
☐☐ **lonesome** 〔ˈlonsəm〕 *adj*. 極為孤單寂寞的
☐☐ **meddlesome** 〔ˈmɛdḷsəm〕 *adj*. 愛管閒事的
☐☐ **quarrelsome** 〔ˈkwɔrəlsəm〕 *adj*. 愛爭吵的
☐☐ **tiresome** 〔ˈtaɪrsəm〕 *adj*. 討厭的
☐☐ **troublesome** 〔ˈtrʌbḷsəm〕 *adj*. 麻煩的
☐☐ **wearisome** 〔ˈwɪrɪsəm〕 *adj*. 使人疲倦的

❖ **- y**（表示「充滿～」、「有～性質」、「有～傾向」。）

☐☐ **bloody** 〔ˈblʌdɪ〕 *adj*. 流血的
☐☐ **bushy** 〔ˈbʊʃɪ〕 *adj*. 灌木叢生的
☐☐ **cloudy** 〔ˈklaʊdɪ〕 *adj*. 有雲的
☐☐ **clumsy** 〔ˈklʌmzɪ〕 *adj*. 笨拙的
☐☐ **cosy** 〔ˈkozɪ〕 *adj*. 溫暖而舒適的

☐☐ **dreamy** 〔ˈdrimɪ〕 *adj*. 幻想的
☐☐ **dusky** 〔ˈdʌskɪ〕 *adj*. 薄暗的
☐☐ **greedy** 〔ˈgridɪ〕 *adj*. 貪心的
☐☐ **greeny** 〔ˈgrinɪ〕 *adj*. 淺綠色的
☐☐ **plumy** 〔ˈplumɪ〕 *adj*. 有羽毛的

☐☐ **scanty** 〔ˈskæntɪ〕 *adj*. 缺乏的
☐☐ **spicy** 〔ˈspaɪsɪ〕 *adj*. 有香味的
☐☐ **tardy** 〔ˈtɑrdɪ〕 *adj*. 遲延的
☐☐ **worthy** 〔ˈwɝðɪ〕 *adj*. 有價值的

表動詞的字首與字尾

❖ **be-**

☐☐ **becalm** 〔bɪˋkɑm〕 *vt.* 使不動

☐☐ **befall** 〔bɪˋfɔl〕 *vt.* 降臨

☐☐ **befit** 〔bɪˋfɪt〕 *vt.* 適宜

☐☐ **befog** 〔bɪˋfɔg〕 *vt.* 罩入霧中

☐☐ **befool** 〔bɪˋful〕 *vt.* 愚弄

☐☐ **befriend** 〔bɪˋfrɛnd〕 *vt.* 照顧；待之如友

☐☐ **beget** 〔bɪˋgɛt〕 *vt.* 為…之父；生（子）

☐☐ **behave** 〔bɪˋhev〕 *vi.* 舉動

☐☐ **behead** 〔bɪˋhɛd〕 *vt.* 殺頭

☐☐ **behold** 〔bɪˋhold〕 *vt.* 看

☐☐ **bemoan** 〔bɪˋmon〕 *vt.* 悲悼

☐☐ **beseem** 〔bɪˋsim〕 *vt.* 適合於

☐☐ **beset** 〔bɪˋsɛt〕 *vt.* 包圍

☐☐ **bespeak** 〔bɪˋspik〕 *vt.* 預約

☐☐ **betray** 〔bɪˋtre〕 *vt.* 出賣

☐☐ **beware** 〔bɪˋwɛr〕 *vi.* 當心

❖ **-en**

☐☐ **darken** 〔ˋdɑrkən〕 *vi.* 變黑暗

☐☐ **deepen** 〔ˋdipən〕 *vt.* 使深

☐☐ **enlighten** 〔ɪnˋlaɪtn̩〕 *vt.* 啟迪

☐☐ **fasten** 〔'fæsn̩〕 *vt.* 裝牢；縛

☐☐ **flatten** 〔'flætn̩〕 *vt.* 使平

☐☐ **frighten** 〔'fraɪtn̩〕 *vt.* 恐嚇

☐☐ **hasten** 〔'hesn̩〕 *vt.* 催促

☐☐ **heighten** 〔'haɪtn̩〕 *vt.* 增高

☐☐ **lengthen** 〔'lɛŋθən〕 *vt.* 使長

☐☐ **lessen** 〔'lɛsn̩〕 *vt.* 減少

☐☐ **lighten** 〔'laɪtn̩〕 *vt.* 明亮

☐☐ **loosen** 〔'lusn̩〕 *vt.* 使鬆

☐☐ **moisten** 〔'mɔɪsn̩〕 *vt.* 使濕潤

☐☐ **sharpen** 〔'ʃɑrpən〕 *vt.* 使銳利

☐☐ **soften** 〔'sɔfən〕 *vt.* 使變軟

☐☐ **strengthen** 〔'strɛŋθən〕 *vt.* 使強

☐☐ **weaken** 〔'wikən〕 *vt.* 使弱

☐☐ **widen** 〔'waɪdn̩〕 *vt.* 加寬

❖ en-

☐☐ **enable** 〔ɪn'ebl̩〕 *vt.* 使能夠

☐☐ **encamp** 〔ɪn'kæmp〕 *vi.* 紮營

☐☐ **encase** 〔ɪn'kes〕 *vt.* 裝於箱

☐☐ **encircle** 〔ɪn'sɝkl̩〕 *vt.* 環繞

☐☐ **encourage** 〔ɪn'kɝɪdʒ〕 *vt.* 鼓勵

☐☐ **endanger** 〔ɪn'dendʒɚ〕 *vt.* 危害

☐☐ **endear** 〔ɪn'dɪr〕 *vt.* 使親密

☐☐ **enfold** 〔ɪn'fold〕 *vt.* 包裹

☐☐ **enforce** 〔ɪn'fors〕 *vt.* 強行

☐☐ **engrave** 〔ɪn'grev〕 *vt.* 雕刻

☐☐ **enlarge** 〔ɪn'lardʒ〕 *vt.* 擴大

☐☐ **enlighten** 〔ɪn'laɪtn̩〕 *vt.* 開導

☐☐ **enliven** 〔ɪn'laɪvən〕 *vt.* 使活潑

☐☐ **ennoble** 〔ɪ'nobl̩〕 *vt.* 使尊貴

☐☐ **enrage** 〔ɪn'redʒ〕 *vt.* 使激怒

☐☐ **enrich** 〔ɪn'rɪtʃ〕 *vt.* 使富足

☐☐ **enshrine** 〔ɪn'ʃraɪn〕 *vt.* 奉祀於廟堂中

☐☐ **enslave** 〔ɪn'slev〕 *vt.* 奴役

☐☐ **ensure** 〔ɪn'ʃʊr〕 *vt.* 保證

☐☐ **entangle** 〔ɪn'tæŋgl̩〕 *vt.* 使糾纏

☐☐ **entitle** 〔ɪn'taɪtl̩〕 *vt.* 定…名稱

☐☐ **entrust** 〔ɪn'trʌst〕 *vt.* 信賴

☐☐ **enwrap** 〔ɛn'ræp〕 *vt.* 包

❖ im-

☐☐ **impart** 〔ɪm'part〕 *vt.* 傳授

☐☐ **impede** 〔ɪm'pid〕 *vt.* 妨礙

☐☐ **imprison** 〔ɪm'prɪzn̩〕 *vt.* 下獄

❖ in-

☐☐ **inflame** 〔ɪn'flem〕 *vt.* 激動

❖ -ize

☐☐ **emphasize** 〔'ɛmfə,saɪz〕 *vt.* 強調

☐☐ **generalize** 〔'dʒɛnərəl,aɪz〕 *vi.* 概括

☐☐**memorize**〔'mɛmə‚raɪz〕*vt.* 記於心

☐☐**organize**〔'ɔrgən‚aɪz〕*vt.* 組織

☐☐**specialize**〔'spɛʃəl‚aɪz〕*vi.* 專攻

◆ **out-**（由「向外」引申而為「勝過」、「超越」。）

☐☐**outdistance**〔aʊt'dɪstəns〕*vt.* 勝過

☐☐**outdo**〔aʊt'du〕*vt.* 超越

☐☐**outgo**〔'aʊt‚go〕*vt.* 勝過；超過

☐☐**outgrow**〔aʊt'gro〕*vt.* 過大而不適於

☐☐**outlast**〔aʊt'læst〕*vt.* 較…耐久

☐☐**outlive**〔aʊt'lɪv〕*vt.* 生存得比…更久

☐☐**outmatch**〔aʊt'mætʃ〕*vt.* 勝過

☐☐**outpoint**〔aʊt'pɔɪnt〕*vt.* 得分較多於…

☐☐**outride**〔aʊt'raɪd〕*vt.* 先…而抵達；超過

☐☐**outrun**〔aʊt'rʌn〕*vt.* 跑得較快

☐☐**outspread**〔aʊt'sprɛd〕*vt.* 伸開

☐☐**outstep**〔aʊt'stɛp〕*vt.* 踏過

☐☐**outwalk**〔aʊt'wɔk〕*vt.* 比…走得更快

◆ **over-**（由「超越」、「勝過」引申為「過度」、「太過」。）

☐☐**overburden**〔'ovɚ‚bɝdṇ〕*vt.* 使負擔過重

☐☐**overcome**〔‚ovɚ'kʌm〕*vt.* 擊敗；壓倒

☐☐**overcrowd**〔‚ovɚ'kraʊd〕*vt.* 過度擁擠

☐☐**overeat**〔'ovɚ'it〕*vt.* 吃得過多

☐☐**overtake**〔‚ovɚ'tek〕*vt.* 追及；趕上；使突然遭遇

☐☐**overthrow**〔‚ovɚ'θro〕*vt.* 推翻；打倒；使瓦解

36個最重要生活字根

❖ am— *to love* 「**愛**」

☐☐ **amateur**〔'æmə,tʃʊr〕*n.* 業餘技藝家

☐☐ **amiable**〔'emɪəbḷ〕*adj.* 和藹可親的

☐☐ **amiably**〔'emɪəblɪ〕*adv.* 和藹可親地

☐☐ **amiability**〔,emɪə'bɪlətɪ〕*n.* 溫柔

☐☐ **amicable**〔'æmɪkəbḷ〕*adj.* 友善的

☐☐ **amicably**〔'æmɪkəblɪ〕*adv.* 友善地

☐☐ **amity**〔'æmətɪ〕*n.* 友善

☐☐ **amorous**〔'æmərəs〕*adj.* 多情的（*orous* ＝ 程度的）

☐☐ **enemy**〔'ɛnəmɪ〕*n.* 敵人（*en* ＝ not , *nemy* ＝ 朋友）

☐☐ **inimical**〔ɪn'ɪmɪkḷ〕*adj.* 有敵意的

☐☐ **paramour**〔'pærə,mʊr〕*n.* 情夫（婦）

❖ anim — *life*、*mind* 「**生命、心**」

☐☐ **animal**〔'ænəmḷ〕*n.* 動物

☐☐ **animate**〔'ænə,met〕*vt.* 賦予生命（*ate* ＝ 附有…）

☐☐ **animation**〔,ænə'meʃən〕*n.* 生氣；興奮

☐☐ **animosity**〔,ænə'mɑsətɪ〕*n.* 憎惡

☐☐ **magnanimity**〔,mægnə'nɪmətɪ〕*n.* 高尚（*magn* ＝大）

☐☐ **magnanimous**〔mæg'nænəməs〕*adj.* 心地高尚的

☐☐ **unanimous**〔jʊ'nænəməs〕*adj.* 意見一致的（*un* ＝單一的）

☐☐**unanimity** 〔ˌjunəˈnɪmətɪ〕 *n*. 全體一致

☐☐**inanimate** 〔ɪnˈænəmɪt〕 *adj*. 無生命的 (*in* = not)

☐☐**equanimity** 〔ˌikwəˈnɪmətɪ〕 *n*. 平靜 (*equa* =同樣的)

❖ audi — *to hear*「聽」

☐☐**audible** 〔ˈɔdəbḷ〕 *adj*. 可聽見的

☐☐**inaudible** 〔ɪnˈɔdəbḷ〕 *adj*. 聽不見的

☐☐**audience** 〔ˈɔdɪəns〕 *n*. 觀眾

☐☐**audience rating** 〔ˈretɪŋ〕 *n*. 收視率；收聽率

☐☐**audit** 〔ˈɔdɪt〕 *vt*. 檢查

☐☐**auditor** 〔ˈɔdɪtɚ〕 *n*. 旁聽者

☐☐**audition** 〔ɔˈdɪʃən〕 *n*. 聽力

☐☐**audiometer** 〔ˌɔdɪˈɑmətɚ〕 *n*. 聽力計

☐☐**auditorium** 〔ˌɔdəˈtorɪəm〕 *n*. 禮堂

☐☐**auditory** 〔ˈɔdəˌtorɪ〕 *adj*. 聽覺的

❖ bible — *book*「書」

☐☐**Bible** 〔ˈbaɪbḷ〕 *n*. 聖經

☐☐**biblical** 〔ˈbɪblɪkḷ〕 *adj*. 聖經的

☐☐**bibliography** 〔ˌbɪblɪˈɑgrəfɪ〕 *n*. 參考書目

☐☐**bibliology** 〔ˌbɪblɪˈɑlədʒɪ〕 *n*. 書誌學

☐☐**bibliomania** 〔ˌbɪblɪəˈmenɪə〕 *n*. 藏書狂

☐☐**philobiblic** 〔ˌfɪləˈbɪblɪk〕 *adj*. 喜愛書籍的

❖ bio — *life*「生命」

☐☐**biochemist** 〔ˌbaɪoˈkɛmɪst〕 *n*. 生化學家 (*chemist* =化學家)

☐☐ **biochemistry** 〔͵baɪoˈkɛmɪstrɪ〕 *n.* 生化學

☐☐ **biography** 〔baɪˈɑgrəfɪ〕 *n.* 傳記（*graphy* ＝書寫）

☐☐ **autobiography** 〔͵ɔtəbaɪˈɑgrəfɪ〕 *n.* 自傳（*auto* ＝自己的）

☐☐ **biology** 〔baɪˈɑlədʒɪ〕 *n.* 生物學（*logy* ＝研究）

☐☐ **biologist** 〔baɪˈɑlədʒɪst〕 *n.* 生物學家

☐☐ **biographer** 〔baɪˈɑgrəfə〕 *n.* 傳記作家

☐☐ **amphibious** 〔æmˈfɪbɪəs〕 *adj.* 水陸兩棲的（*amphi* ＝屬於兩邊的）

☐☐ **biorhythm** 〔͵baɪoˈrɪðəm〕 *n.* 生態活動週期

◈ cent — *hundred*「**一百**」

☐☐ **centenary** 〔ˈsɛntə͵nɛrɪ〕 *n.* 一百年

☐☐ **centennial** 〔sɛnˈtɛnɪəl〕 *adj.* 一百年的

☐☐ **centigrade** 〔ˈsɛntə͵gred〕 *adj.* 百分度的

☐☐ **centimeter** 〔ˈsɛntə͵mitə〕 *n.* 公分

☐☐ **centuple** 〔sɛnˈtupl̩〕 *adj.* 百倍的

☐☐ **century** 〔ˈsɛntʃərɪ〕 *n.* 一世紀

◈ chron — *time*「**時間**」

☐☐ **chronic** 〔ˈkrɑnɪk〕 *adj.* 慢性的

☐☐ **chronicle** 〔ˈkrɑnɪkl̩〕 *n.* 編年史

☐☐ **chronology** 〔krəˈnɑlədʒɪ〕 *n.* 年代表

☐☐ **chronometer** 〔krəˈnɑmətə〕 *n.* 精密的時計

☐☐ **anachronism** 〔əˈnækrə͵nɪzəm〕 *n.* 時代錯誤
　　（*ana* ＝backward 向後的，*ism* ＝主義）

☐☐ **anachronistic** 〔ə͵nækrəˈnɪstɪk〕 *adj.* 年代錯誤的

❖ **cite** — *to call* 「**呼喊**」

☐☐ **cite** 〔saɪt〕 *vt.* 引用

☐☐ **excite** 〔ɪk'saɪt〕 *vt.* 激動 (*ex* = out 向外)

☐☐ **excited** 〔ɪk'saɪtɪd〕 *adj.* 興奮的

☐☐ **excitement** 〔ɪk'saɪtmənt〕 *n.* 興奮

☐☐ **incite** 〔ɪn'saɪt〕 *vt.* 引起 (*in* = 在上面)

☐☐ **recite** 〔rɪ'saɪt〕 *vt.* 背誦 (*re* = again 再…)

☐☐ **recital** 〔rɪ'saɪtḷ〕 *n.* 吟誦

☐☐ **recitation** 〔͵rɛsə'teʃən〕 *n.* 重述

☐☐ **solicit** 〔sə'lɪsɪt〕 *vt.* 懇求 (*sol* = 整體的)

☐☐ **solicitous** 〔sə'lɪsɪtəs〕 *adj.* 掛念的

☐☐ **solicitation** 〔sə͵lɪsə'teʃən〕 *n.* 懇求

☐☐ **solicitude** 〔sə'lɪsə͵tjud〕 *n.* 掛念

☐☐ **solicitor** 〔sə'lɪsətə〕 *n.* 懇求者;律師

❖ **cor, cord** — *heart* 「**心**」

☐☐ **accord** 〔ə'kɔrd〕 *vi.* 一致

☐☐ **accordance** 〔ə'kɔrdṇs〕 *n.* 一致

☐☐ **accordant** 〔ə'kɔrdṇt〕 *adj.* 一致的

☐☐ **accordingly** 〔ə'kɔrdɪŋlɪ〕 *adv.* 如前所說

☐☐ **cordial** 〔'kɔrdʒəl〕 *adj.* 熱心的

☐☐ **cordially** 〔'kɔrdʒəlɪ〕 *adv.* 熱心地

☐☐ **cordiality** 〔͵kɔrdʒɪ'ælətɪ〕 *n.* 友善

☐☐ **concord** 〔'kɑnkɔrd〕 *n.* 和諧 (*con* = together 一起)

☐☐ **courage** 〔'kɝɪdʒ〕 *n.* 勇敢

- [ ] **courageous** 〔kəˈredʒəs〕 *adj.* 勇敢的
- [ ] **encourage** 〔ɪnˈkɜɪdʒ〕 *vt.* 鼓勵
- [ ] **encouragement** 〔ɪnˈkɜɪdʒmənt〕 *n.* 鼓勵
- [ ] **discourage** 〔dɪsˈkɜɪdʒ〕 *vt.* 使沮喪
- [ ] **discordance** 〔dɪsˈkɔrdn̩s〕 *n.* 不一致（*dis* = apart 別有心思）
- [ ] **discord** 〔dɪsˈkɔrd〕 *vi.* 不一致
- [ ] **record**（**re** = **back**）〔rɪˈkɔrd〕 *vt.* 記錄

❖ **corp** — *body*「身體」

- [ ] **corporal** 〔ˈkɔrprəl〕 *adj.* 肉體的
- [ ] **corps** 〔kor〕 *n.* 軍隊中的特種部隊
- [ ] **incorporate** 〔ɪnˈkɔrpəˌret〕 *vt.* 合併

❖ **dem** — *people*「人民」

- [ ] **demagogue** 〔ˈdɛməˌgɔg〕 *n.* 煽動政治家
- [ ] **demagogy** 〔ˈdɛməˌgɔdʒɪ〕 *n.* 一羣煽動家
- [ ] **democracy** 〔dəˈmɑkrəsɪ〕 *n.* 民主政治（*cracy* =統治）
- [ ] **democrat** 〔ˈdɛməˌkræt〕 *n.* 信仰民主主義者
- [ ] **democratic** 〔ˌdɛməˈkrætɪk〕 *adj.* 民主主義的

- [ ] **demotic** 〔diˈmɑtɪk〕 *adj.* 民眾的
- [ ] **epidemic** 〔ɛpəˈdɛmɪk〕 *n.* 時疫；流行性傳染病（*epi*=人們之間）
- [ ] **epidemically** 〔ˌɛpəˈdɛmɪklɪ〕 *adv.* 流行性地

❖ **dic** — *to lead*「引導」

- [ ] **dictate** 〔dɪkˈtet〕 *vi.* 口授令人筆錄
- [ ] **dictation** 〔dɪkˈteʃən〕 *n.* 聽寫

☐☐ **dictator** 〔dɪk'tetɚ〕 *n.* 獨裁者

☐☐ **diction** 〔'dɪkʃən〕 *n.* 語法

☐☐ **dictionary** 〔'dɪkʃən͵ɛrɪ〕 *n.* 字典

☐☐ **dictum** 〔'dɪktəm〕 *n.* 金言；格言

☐☐ **predict** 〔prɪ'dɪkt〕 *vt.* 預知

◆ **fer** — *to carry, to bear* 「**傳送；負荷**」

☐☐ **ferry** 〔'fɛrɪ〕 *n.* 渡船

☐☐ **confer** 〔kən'fɝ〕 *vt.* 頒給（*con* = together 一起）

☐☐ **defer** 〔dɪ'fɝ〕 *vt.* 延緩

☐☐ **differ** 〔'dɪfɚ〕 *vi.* 相異（*dif* = 離開）

☐☐ **different** 〔'dɪfərənt〕 *adj.* 不同的

☐☐ **infer** 〔ɪn'fɝ〕 *vt.* 推論出（*in* = 向中心）

☐☐ **inference** 〔'ɪnfərəns〕 *n.* 推論

☐☐ **refer** 〔rɪ'fɝ〕 *vt.* 指示（*re* = again 再…）

☐☐ **referential** 〔͵rɛfə'rɛnʃəl〕 *adj.* 參考的

☐☐ **offer** 〔'ɔfɚ〕 *vt.* 奉呈（*of* = 向旁邊）

☐☐ **prefer** 〔prɪ'fɝ〕 *vt.* 較喜歡（*pre* = before 在…之前）

☐☐ **preferable** 〔'prɛfərəbļ〕 *adj.* 寧可取的

☐☐ **preferential** 〔͵prɛfə'rɛnʃəl〕 *adj.* 優先的

☐☐ **suffer** 〔'sʌfɚ〕 *vt.* 蒙受…痛苦（*suf* = 在下方）

☐☐ **transfer** 〔træns'fɝ〕 *vt.* 遷移（*trans* = 越過）

◆ **graph, gram** — *to write* 「**寫**」

☐☐ **grammar** 〔'græmɚ〕 *n.* 文法

☐☐ **graphic** 〔'græfɪk〕 *adj.* 生動的

☐☐ **photograph** [ˈfotəˌgræf] *n.* 像片（photo＝光線）

☐☐ **photographer** [fəˈtɑgrəfə] *n.* 攝影者

☐☐ **cablegram** [ˈkeblˌgræm] *n.* 海底電報（*cable*＝海底電纜）

◆ grav — *heavy*「**重的**」

☐☐ **grave** [grev] *adj.* 莊重的

☐☐ **gravitation** [ˌgrævəˈteʃən] *n.* 地球或其他天體之吸力作用

☐☐ **gravity** [ˈgrævətɪ] *n.* 萬有引力

☐☐ **grief** [grif] *n.* 悲傷

☐☐ **grieve** [griv] *vi.* 悲傷

☐☐ **grievance** [ˈgrivəns] *n.* 委屈

☐☐ **grievous** [ˈgrivəs] *adj.* 痛苦的

☐☐ **regret** [rɪˈgrɛt] *n.* 悔恨

◆ ject — *to throw*「**投擲**」

☐☐ **adjective** [ˈædʒɪktɪv] *n.* 形容詞

☐☐ **eject** [ɪˈdʒɛkt] *vt.* 噴出（*e*＝*out* 向外）

☐☐ **inject** [ɪnˈdʒɛkt] *vt.* 注射

☐☐ **injection** [ɪnˈdʒɛkʃən] *n.* 注射

☐☐ **interject** [ˌɪntəˈdʒɛkt] *vt.* 突然插入

☐☐ **interjection** [ˌɪntəˈdʒɛkʃən] *n.* 感嘆詞

☐☐ **object** [ˈɑbdʒɪkt] *n.* 物件

☐☐ **objection** [əbˈdʒɛkʃən] *n.* 反對

☐☐ **objectionable** [əbˈdʒɛkʃənəbl] *adj.* 可反駁的

☐☐ **objective** [əbˈdʒɛktɪv] *adj.* 客觀的

☐☐ **project** [ˈprɑdʒɛkt] *n.* 計畫（*pro*＝*before* 在…之前）

☐☐ **projection** 〔prə'dʒɛkʃən〕 *n*. 發射

☐☐ **reject** 〔rɪ'dʒɛkt〕 *vt*. 拒絕 (*re* = back 向後)

☐☐ **rejection** 〔rɪ'dʒɛkʃən〕 *n*. 拒絕

☐☐ **subject** 〔'sʌbdʒɪkt〕 *n*. 主題 (*sub* = under 在…之下)

☐☐ **subjective** 〔səb'dʒɛktɪv〕 *adj*. 主觀的

☐☐ **subject** 〔səb'dʒɛkt〕 *vt*. 使服從

☐☐ **subjection** 〔səb'dʒɛkʃən〕 *n*. 征服

◈ **lect** — *to choose* , *to collect* 「**選擇，收集**」

☐☐ **collect** 〔kə'lɛkt〕 *vt*. 集合

☐☐ **collector** 〔kə'lɛktə〕 *n*. 收集者

☐☐ **collective** 〔kə'lɛktɪv〕 *adj*. 集合的

☐☐ **elect** 〔ɪ'lɛkt〕 *vt*. 選舉

☐☐ **elector** 〔ɪ'lɛktə〕 *n*. 有選舉權者

☐☐ **intellect** 〔'ɪntḷ,ɛkt〕 *n*. 智力 (*intel* =在中間)

☐☐ **intellectual** 〔,ɪntḷ'ɛktʃʊəl〕 *adj*. 智力的

☐☐ **intelligent** 〔ɪn'tɛlədʒənt〕 *adj*. 聰明的

☐☐ **lecture** 〔'lɛktʃə〕 *n*. 演講

☐☐ **lecturer** 〔'lɛktʃərə〕 *n*. 講演人

☐☐ **legend** 〔'lɛdʒənd〕 *n*. 傳奇

☐☐ **legendary** 〔'lɛdʒənd,ɛrɪ〕 *adj*. 傳奇的

☐☐ **neglect** 〔nɪ'glɛkt〕 *vt*. 忽略 (*neg* = not)

☐☐ **neglectful** 〔nɪ'glɛktfəl〕 *adj*. 疏忽的

☐☐ **select** 〔sə'lɛkt〕 *vt*. 選擇 (*se* =另外)

☐☐ **selection** 〔sə'lɛkʃən〕 *n*. 選擇

❖ log — *speech*, *word* 「**言語，字**」

☐☐ **logic** 〔'lɑdʒɪk〕*n*. 邏輯

☐☐ **dialogue** 〔'daɪə‚lɔg〕*n*. 對話

☐☐ **catalogue** 〔'kætḷ‚ɔg〕*n*. 目錄 (*cata* = down 被陳述如下的)

☐☐ **monologue** 〔'mɑnḷ‚ɔg〕*n*. 獨白

☐☐ **prologue** 〔'prolɔg〕*n*. 序言 (*pro* = before 在⋯之前)

❖ man，manu — *hand* 「**手**」

☐☐ **manner** 〔'mænɚ〕*n*. 樣子

☐☐ **maneuver** 〔mə'nuvɚ〕*n*. 調遣 (*euver* = 使操作)

☐☐ **manufacturer** 〔‚mænjə'fæktʃərɚ〕*n*. 廠主

☐☐ **mannerism** 〔'mænə‚rɪzəm〕*n*. 獨特之格調 (*ism* = 主義)

☐☐ **manuscript** 〔'mænjə‚skrɪpt〕*n*. 原稿 (*script* = 書寫)

☐☐ **emancipate** 〔ɪ'mænsə‚pet〕*vt*. 解放 (*e* = out 向外)

☐☐ **emancipation** 〔ɪ‚mænsə'peʃən〕*n*. 解放

☐☐ **maintain** 〔men'ten〕*vt*. 保持 (*tain* = 拿著)

☐☐ **maintenance** 〔'mentənəns〕*n*. 保持

☐☐ **manage** 〔'mænɪdʒ〕*vt*. 支配

☐☐ **manager** 〔'mænɪdʒɚ〕*n*. 經理

☐☐ **management** 〔'mænɪdʒmənt〕*n*. 經營

☐☐ **manifest** 〔'mænə‚fɛst〕*vt*. 顯示　*adj*. 明白的

☐☐ **manifestation** 〔‚mænəfɛs'teʃən〕*n*. 表明

☐☐ **manipulate** 〔mə'nɪpjə‚let〕*vt*. 操作 (*pulate* = 填滿)

☐☐ **manual** 〔'mænjʊəl〕*n*. 手冊　*adj*. 手製的

❖ nelo — *tune*「**調子**」

☐☐ **melodious**〔mə'lodɪəs〕*adj.* 悅耳的

☐☐ **parody**〔'pærədɪ〕*n.* 諷刺詩文

☐☐ **rhapsody**〔'ræpsədɪ〕*n.* 敘事詩；狂熱的言論或詩文

❖ mid, med — *middle*「**中間**」

☐☐ **midday**〔'mɪd,de〕*n.* 正午

☐☐ **middle**〔'mɪdḷ〕*adj.* 中間的

☐☐ **middle-aged**〔'mɪdḷ'edʒd〕*adj.* 中年的

☐☐ **middle-class**〔'mɪdḷ'klæs〕*adj.* 中產階級的

☐☐ **middleman**〔'mɪdḷ,mæn〕*n.* 經紀人

☐☐ **middle-most**〔'mɪdḷ,most〕*adj.* 正中的

☐☐ **midheaven**〔'mɪd'hɛvən〕*n.* 天空中央

☐☐ **midnight**〔'mɪd,naɪt〕*n.* 夜半

☐☐ **midst**〔mɪdst〕*n.* 中間

☐☐ **midsummer**〔'mɪd'sʌmɚ〕*n.* 仲夏

☐☐ **midway**〔'mɪd'we〕*adj.* 中途的

☐☐ **mediate**〔'midɪ,et〕*vi.* 居於中間

☐☐ **mediator**〔'midɪ,etɚ〕*n.* 調停者

☐☐ **medium**〔'midɪəm〕*adj.* 中間的

☐☐ **immediately**〔ɪ'midɪɪtlɪ〕*adv.* 立即

☐☐ **meanwhile**〔'min,hwaɪl〕*adv.* 於此時

☐☐ **meantime**〔'min,taɪm〕*adv.* 於此時

☐☐ **median**〔'midɪən〕*adj.* 中間的

☐☐ **medieval**〔midɪ'ivḷ〕*adj.* 中古的

☐☐ **mediocre** 〔'midɪˌokɚ〕 *adj.* 平常的
☐☐ **mediocrity** 〔ˌmidɪ'ɑkrətɪ〕 *n.* 平凡

◈ mort — *death* 「**死**」

☐☐ **immortal** 〔ɪ'mɔrtḷ〕 *adj.* 不死的 (*im* = not)
☐☐ **immortality** 〔ˌɪmɔr'tælətɪ〕 *n.* 不朽
☐☐ **mortal** 〔'mɔrtḷ〕 *adj.* 不免一死的
☐☐ **mortally** 〔'mɔrtḷɪ〕 *adv.* 致命地
☐☐ **mortgage** 〔'mɔrgɪdʒ〕 *n.* 抵押 (*gage* = 擔保)

☐☐ **mortician** 〔mɔr'tɪʃən〕 *n.* 殯儀業者
☐☐ **mortify** 〔'mɔrtəˌfaɪ〕 *vt.* 使感到羞辱
☐☐ **mortification** 〔ˌmɔrtəfə'keʃən〕 *n.* 羞辱
☐☐ **remorse** 〔rɪ'mɔrs〕 *n.* 悔恨 (*re* = again 再次)
☐☐ **remorseful** 〔rɪ'mɔrsfəl〕 *adj.* 感覺懊悔的

◈ nomin — *name* 「**名字**」

☐☐ **nominal** 〔'nɑmənḷ〕 *adj.* 名義上的
☐☐ **nominate** 〔'nɑməˌnet〕 *vt.* 提名爲…候選人 (*ate* = 指出)
☐☐ **nomination** 〔ˌnɑmə'neʃən〕 *n.* 提名
☐☐ **nominative** 〔'nɑmənətɪv〕 *adj.* 提名的
☐☐ **nominator** 〔'nɑməˌnetɚ〕 *n.* 提名者

☐☐ **nominee** 〔ˌnɑmə'ni〕 *n.* 被提名的候選人
☐☐ **denominate** 〔dɪ'nɑməˌnet〕 *vt.* 命名 (*de* = 賜給)
☐☐ **denomination** 〔dɪˌnɑmə'neʃən〕 *n.* 命名
☐☐ **denominator** 〔dɪ'nɑməˌnetɚ〕 *n.* 命名者

❖ **ode** — *song, poem*「**歌，詩**」

☐☐ **ode**〔od〕*n.* 頌；歌
☐☐ **comedian**〔kə'midɪən〕*n.* 喜劇演員
☐☐ **comic**〔'kɑmɪk〕*adj.* 有趣的
☐☐ **comical**〔'kɑmɪkḷ〕*adj.* 滑稽的
☐☐ **melody**〔'mɛlədɪ〕*n.* 美的曲子

❖ **parl** — *to speak*「**說話**」

☐☐ **parlance**〔'pɑrləns〕*n.* 用語；說法
☐☐ **parley**〔'pɑrlɪ〕*n.* 談判
☐☐ **parliament**〔'pɑrləmənt〕*n.* 國會
☐☐ **parlor**〔'pɑrlɚ〕*n.* 客廳

❖ **path** — *feeling*「**感情**」

☐☐ **apathy**〔'æpəθɪ〕*n.* 冷淡
☐☐ **apathetic**〔͵æpə'θɛtɪk〕*adj.* 冷淡的
☐☐ **antipathy**〔æn'tɪpəθɪ〕*n.* 憎惡 (*anti* = against 反對)
☐☐ **antipathetic**〔æn͵tɪpə'θɛtɪk〕*adj.* 天性嫌惡的
☐☐ **pathos**〔'peθɑs〕*n.* 動人哀感之性質

☐☐ **pathetic**〔pə'θɛtɪk〕*adj.* 哀憐的
☐☐ **sympathy**〔'sɪmpəθɪ〕*n.* 同情 (*sym* = same 相同的)
☐☐ **sympathetic**〔͵sɪmpə'θɛtɪk〕*adj.* 同情的
☐☐ **sympathize**〔'sɪmpə͵θaɪz〕*vi.* 同情
☐☐ **sympathizer**〔'sɪmpə͵θaɪzɚ〕*n.* 同情者

❖ **phone** — *sound*「**聲音**」

☐☐ **phone**〔fon〕*n.* 電話

☐☐ **phonetic** 〔fo'nɛtɪk〕 *adj*. 語音的

☐☐ **phonographer** 〔fo'nɑgrəfɚ〕 *n*. 速記者

☐☐ **earphone** 〔'ɪr,fon〕 *n*. 耳機

☐☐ **microphone** 〔'maɪkrə,fon〕 *n*. 擴音器（*micro* = small 小）

☐☐ **megaphone** 〔'mɛgə,fon〕 *n*. 擴音器

☐☐ **telephone** 〔'tɛlə,fon〕 *n*. 電話（*tel* = far 遠）

☐☐ **symphony** 〔'sɪmfənɪ〕 *n*. 交響樂（*sym* =一致，統一）

◈ poli — *city*「**城市**」

☐☐ **police** 〔pə'lis〕 *n*. 警察局

☐☐ **policeman** 〔pə'lismən〕 *n*. 警察

☐☐ **policy** 〔'pɑləsɪ〕 *n*. 政策

☐☐ **politic** 〔'pɑlə,tɪk〕 *adj*. 精明的

☐☐ **political** 〔pə'lɪtɪkl̩〕 *adj*. 政治學的

☐☐ **politician** 〔,pɑlə'tɪʃən〕 *n*. 政客

☐☐ **politics** 〔'pɑlə,tɪks〕 *n*. 政治學

☐☐ **polity** 〔'pɑlətɪ〕 *n*. 政府

☐☐ **megalopolis** 〔,mɛgə'lɑpəlɪs〕 *n*. 大城市

☐☐ **megalopolitan** 〔,mɛgəlo'pɑlətn̩〕 *adj*. 大城市的

☐☐ **metropolis** 〔mə'trɑplɪs〕 *n*. 首府（*metro* =重要的）

☐☐ **metropolitan** 〔,mɛtrə'pɑlətn̩〕 *adj*. 大都市的

◈ port — *to carry*「**攜帶**」

☐☐ **portable** 〔'portəbl̩〕 *adj*. 可攜帶的（*able* =能夠的）

☐☐ **porter** 〔'portɚ〕 *n*. 脚夫

☐☐ **portfolio** 〔port'folɪ,o〕 *n*. 紙夾（*folio* =紙）

☐☐ **export** 〔ɪks'port〕 *vt*. 輸出（*ex* = out 向外）

☐☐ **exporter** 〔ɪk'sportɚ〕 *n.* 輸出業者
☐☐ **import** 〔ɪm'port〕 *vt.* 輸入 (*im* =向內)
☐☐ **importer** 〔ɪm'portɚ〕 *n.* 輸入業者
☐☐ **important** 〔ɪm'pɔrtn̩t〕 *adj.* 重要的 (*im* =裏面 , *ant* =地方)
☐☐ **importance** 〔ɪm'pɔrtn̩s〕 *n.* 重要性

☐☐ **report** 〔rɪ'port〕 *n.* 紀錄 (*re* = back 往後)
☐☐ **support** 〔sə'port〕 *vt.* 支持 (*sup* =向下)
☐☐ **supporter** 〔sə'portɚ〕 *n.* 支持者
☐☐ **transport** 〔træns'port〕 *vt.* 運送 (*trans* =往其他方向)
☐☐ **transportation** 〔͵trænspɚ'teʃən〕 *n.* 運輸

❖ psyche ─「靈魂 , 心靈」

☐☐ **psycho** 〔'saɪko〕 *adj.* 精神病治療的
☐☐ **psychology** 〔saɪ'kɑlədʒɪ〕 *n.* 心理學
☐☐ **psychologist** 〔saɪ'kɑlədʒɪst〕 *n.* 心理學家

❖ scope ─ *to look*「看」

☐☐ **microscope** 〔'maɪkrə͵skop〕 *n.* 顯微鏡
☐☐ **periscope** 〔'pɛrə͵skop〕 *n.* (潛水艇)之潛望鏡
☐☐ **stethoscope** 〔'stɛθə͵skop〕 *n.* 聽診器
☐☐ **telescope** 〔'tɛlə͵skop〕 *n.* 望遠鏡

❖ spect ─ *to look* , *to behold*「看」

☐☐ **aspect** 〔'æspɛkt〕 *n.* 外觀
☐☐ **expect** 〔ɪk'spɛkt〕 *vt.* 期望 (*ex* = out 向外)
☐☐ **expectancy** 〔ɪk'spɛktənsɪ〕 *n.* 期待

☐☐ **expectant**〔ɪk'spɛktənt〕*adj.* 期待的

☐☐ **expectation**〔͵ɛkspɛk'teʃən〕*n.* 期望

☐☐ **unexpected**〔͵ʌnɪk'spɛktɪd〕*adj.* 意外的

☐☐ **inspect**〔ɪn'spɛkt〕*vt.* 檢查（*in* = 在中間）

☐☐ **inspector**〔ɪn'spɛktɚ〕*n.* 檢查員

☐☐ **perspective**〔pɚ'spɛktɪv〕*n.* 透視法（*per* = 看透）

☐☐ **prospect**〔'prɑspɛkt〕*n.* 期望的事物（*pro* = before 在⋯之前）

☐☐ **prospective**〔prə'spɛktɪv〕*adj.* 預期的

☐☐ **respect**〔rɪ'spɛkt〕*vt.* 尊敬（*re* = again 再⋯）

☐☐ **spectacle**〔'spɛktəkl̩〕*n.* 景象；奇觀　（*pl.*）眼鏡

☐☐ **spectator**〔spɛk'tetɚ〕*n.* 旁觀者

❖ **spir** — *to breathe*「呼吸」

☐☐ **spirit**〔'spɪrɪt〕*n.* 精神

☐☐ **spiritual**〔'spɪrɪtʃuəl〕*adj.* 精神的

☐☐ **aspire**〔ə'spaɪr〕*vi.* 熱望

☐☐ **aspiration**〔͵æspə'reʃən〕*n.* 希望

☐☐ **conspire**〔kən'spaɪr〕*vi.* 共謀（*con* = together 一起）

☐☐ **conspiracy**〔kən'spɪrəsɪ〕*n.* 陰謀

☐☐ **expire**〔ɪk'spaɪr〕*vi.* 終止；死亡（*ex* = 終止）

☐☐ **inspire**〔ɪn'spaɪr〕*vt.* 鼓舞（*in* = 中間）

☐☐ **inspiration**〔͵ɪnspə'reʃən〕*n.* 靈感

☐☐ **respire**〔rɪ'spaɪr〕*vt.* 呼吸

☐☐ **respiration**〔͵rɛspə'reʃən〕*n.* 呼吸

☐☐ **perspire**〔pɚ'spaɪr〕*vi.* 流汗（*per* = 流通）

☐☐ **despair**〔dɪ'spɛr〕*v. n.* 絕望（*de* = not）

❖ ten, tin — *to hold* 「拿」

☐☐ **distinct** 〔dɪ'stɪŋkt〕 *adj.* 分開的
☐☐ **distinction** 〔dɪ'stɪŋkʃən〕 *n.* 區別
☐☐ **distinguish** 〔dɪ'stɪŋgwɪʃ〕 *vt.* 區別
☐☐ **extend** 〔ɪk'stɛnd〕 *vt.* 伸展
☐☐ **instinct** 〔'ɪnstɪŋkt〕 *n.* 本能

☐☐ **tenant** 〔'tɛnənt〕 *n.* 佃戶 (*ant* =人)
☐☐ **tension** 〔'tɛnʃən〕 *n.* 拉緊
☐☐ **contain** 〔kən'ten〕 *vt.* 包含 (*con* =一起)
☐☐ **content** 〔kən'tɛnt〕 *vt.* 使滿足
☐☐ **continue** 〔kən'tɪnjʊ〕 *vt.* 繼續

☐☐ **entertain** 〔͵ɛntɚ'ten〕 *vt.* 使娛樂 (*enter* =在⋯之中)
☐☐ **entertainment** 〔͵ɛntɚ'tenmənt〕 *n.* 娛樂
☐☐ **retain** 〔rɪ'ten〕 *vt.* 保留 (*re* =原來之處)

❖ vis, vid — *to see* 「看」

☐☐ **evidence** 〔'ɛvədəns〕 *n.* 證據 (*e* =顯現)
☐☐ **evident** 〔'ɛvədənt〕 *adj.* 顯然的
☐☐ **television** 〔'tɛlə͵vɪʒən〕 *n.* 電視 (*tel* = far 遠)
☐☐ **visible** 〔'vɪzəbḷ〕 *adj.* 可見的
☐☐ **invisible** 〔ɪn'vɪzəbḷ〕 *adj.* 不可見的

☐☐ **vision** 〔'vɪʒən〕 *n.* 視力
☐☐ **visit** 〔'vɪzɪt〕 *vt.* 訪問
☐☐ **visitor** 〔'vɪzɪtɚ〕 *n.* 訪問者
☐☐ **visual** 〔'vɪʒʊəl〕 *adj.* 視覺的

☐ **review** 〔rɪˈvju〕 vt. 溫習 (re = again 再…)
☐ **viewpoint** 〔ˈvjuˌpɔɪnt〕 n. 觀點 (point =點)
☐ **provide** 〔prəˈvaɪd〕 vt. 準備;供給 (pro = before 事先)
☐ **provident** 〔ˈprɑvədənt〕 adj. 預知的
☐ **provision** 〔prəˈvɪʒən〕 n. 規定;準備
☐ **revise** 〔rɪˈvaɪz〕 vt. 校訂 (re = again 再…)

❖ **viv** = to live「**生活;生存**」

☐ **vital** 〔ˈvaɪtḷ〕 adj. 生命的;致命的
☐ **vitality** 〔vaɪˈtæləti〕 n. 活力;生氣
☐ **vivid** 〔ˈvɪvɪd〕 adj. 鮮明的;活潑的;生動的
☐ **vivify** 〔ˈvɪvəˌfaɪ〕 v. 賦予生命;使生動
☐ **vivisect** 〔ˌvɪvəˈsɛkt, ˈvɪvəˌsɛkt〕 v. (動物)活體解剖

☐ **revive** 〔rɪˈvaɪv〕 v. 復活;重演
☐ **revival** 〔rɪˈvaɪvḷ〕 n. 回復;甦醒
☐ **survive** 〔səˈvaɪv〕 v. 繼續存在;較…活得長久
☐ **survival** 〔səˈvaɪvḷ〕 n. 殘存;殘存的人 (物)
☐ **survivor** 〔səˈvaɪvɚ〕 n. 殘存者;遺物

❖ **zo** — animal「**動物**」

☐ **zoo** 〔zu〕 n. 動物園
☐ **zoological** 〔ˌzoəˈlɑdʒɪkḷ〕 adj. 動物學的
☐ **zoology** 〔zoˈɑlədʒɪ〕 n. 動物學
☐ **protozoa** 〔ˌprotəˈzoə〕 n. 原生動物

~~~ ●趣味單字小常識● ~~~

-logy 表「～學」

anthropology 〔͵ænθrə'pɑlədʒɪ〕〔*anthropo-* = man〕
图 人類學

astrology 〔ə'strɑlədʒɪ〕〔*astro-* = star〕图占星術

biology 〔baɪ'ɑlədʒɪ〕〔*bio-* = life〕图生物學

chronology 〔krə'nɑlədʒɪ〕〔*chrono-* = time〕图年代學

entomology 〔͵ɛntə'mɑlədʒɪ〕〔*en-* = in, *tom-* = to
cut〕图昆蟲學

etymology 〔͵ɛtə'mɑlədʒɪ〕〔*etymo-* = true〕图語源學

geology 〔dʒi'ɑlədʒɪ〕〔*geo-* = earth〕图地質學；地質

meteorology 〔͵mitɪə'rɑlədʒɪ〕〔*meteor* = 大氣中的現
象〕图氣象學

mythology 〔mɪ'θɑlədʒɪ〕〔*myth* = 神話〕图神話學

pathology 〔pə'θɑlədʒɪ〕〔*patho-* = 疾病〕图病理學

philology 〔fɪ'lɑlədʒɪ〕〔*philo-* = to love〕（喜愛言詞）
图語言學

phrenology 〔frɛ'nɑlədʒɪ , frɪ-〕〔*phreno-* = mind〕
图骨相學

physiology 〔͵fɪzɪ'ɑlədʒɪ〕〔*physio-* = 自然〕图生理學

psychology 〔saɪ'kɑlədʒɪ〕〔*psycho-* = soul〕图心理學

theology 〔θi'ɑlədʒɪ〕〔*theo-* = god〕图神學

zoology 〔zo'ɑlədʒɪ〕〔*zoo-* = 有關動物的〕图動物學

慣用語記憶法

四字一組，簡潔有力，容易記憶！

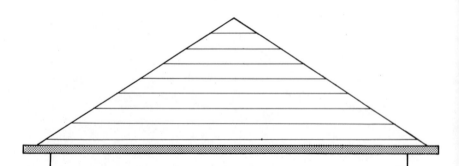

● **慣用語記憶法的內容**──精選66組270個生活最常用的慣用語、64組商場必備慣用語及36組72個最常見的反義語。

特色──將每個慣用語拆開，逐字解釋，註解詳盡，容易記住。

目的──讓您對約定成俗的常用慣用語，能夠不經思考地脫口而出，得心應手地運用自如。

要訣──中英對照，口誦心到，反覆練習，直到牢記。

生活最常用慣用語

第一章

下表所列為本章所精選的66組生活最常用慣用語，在未翻至下頁之前，請先利用□□確認該慣用語的英文表達法。有把握的在第一個□打√，閱讀時可快速略過，其餘則待詳細研讀後，再驗收成果。

專門術語 □□ a technical term

* ***technical*** 〔ˈtɛknɪkl̩〕 *adj.* 專門的；技術的

  技術顧問 *a technical adviser*

  專題演講 *a technical lecture*

* ***term*** 〔tɝm〕 *n.* 術語；名詞

  諂媚之語 *flattering terms*

  醫學名詞 *medical terms*

工業革命 □□ the industrial revolution

* ***industrial*** 〔ɪnˈdʌstrɪəl〕 *adj.* 工業的；實業的

  工業設計 *industrial design*

  工業工程 *industrial engineering*

  勞資關係 *industrial relations*

* ***revolution*** 〔ˌrɛvəˈluʃən〕 *n.* 革命；大改變

  英國革命 *the English Revolution*

  　　　　　（指 1688 年放逐 James 二世的光榮革命）

  法國革命 *the French Revolution*（1789－99）

製造過程 □□ manufacturing process

* ***manufacturing*** 〔ˌmænjəˈfæktʃərɪŋ〕 *adj.* 製造（業）的

  製造工業 *the manufacturing industry*

  工業園區 *a manufacturing district*

* ***process*** 〔ˈprɑsɛs〕 *n.* 過程；演進　 *adj.* 加工處理的

  歷史演進 *the process of history*

  加工乳酪 *process cheese*

財政危機□□ financial crisis

* *financial* 〔faɪˈnænʃəl〕 *adj.* 財政的；金融的
  財務狀況 *financial condition*（situation）
  金融中心 *a financial center*（如紐約、倫敦等）
* *crisis* 〔ˈkraɪsɪs〕 *n.* 危機；難關
  經濟危機 *economic crisis*
  度過危機 *to pass the crisis*

金融機關□□ monetary facility

* *monetary* 〔ˈmʌnəˌtɛrɪ, ˈmɑnəˌtɛrɪ〕 *adj.* 金融的；貨幣的
  貨幣單位 *monetary unit*
  貨幣制度 *monetary system*
* *facility* 〔fəˈsɪlətɪ〕 *n.* 設備；機關
  交通設備 *facilities for communication*
  公共設施 *public facilities*

大量生產□□ mass production

* *mass* 〔mæs〕 *n.* 大量；多數　　*adj.* 群眾的
  大眾傳播 *mass communication*
  輿論調查 *mass observation*
* *production* 〔prəˈdʌkʃən〕 *n.* 生產；製造
  生產管制 *production control*
  汽車製造 *the production of automobiles*

補票費用□□ excess fare

* *excess* 〔ɪkˈsɛs〕 *adj.* 超額的
  郵票欠資 *excess postage*
  行李過重 *excess luggage*

* *fare* 〔fɛr〕 *n.* 票價
　　來回票價 *a double fare*
　　計程車費 *a taxi fare*

絕對多數□□ absolute majority

* *absolute* 〔'æbsə,lut〕 *adj.* 絕對的；完全的；斷然的
　　絕對權力 *absolute power*
　　斷然否決 *an absolute denial*

* *majority* 〔mə'dʒɔrətɪ〕 *n.* 多數；大牛
　　擁有多數 *to be in the majority*
　　多數判決 *a majority verdict*

種族歧視□□ racial discrimination

* *racial* 〔'reʃəl〕 *adj.* 種族的；人種的
　　種族偏見 *racial prejudice*
　　種族特徵 *racial traits*
* *discrimination* 〔dɪ,skrɪmə'neʃən〕 *n.* 歧視；差別
　　discriminating 〔dɪ'skrɪmə,netɪŋ〕 *adj.* 有差別的
　　　一視同仁 *without discrimination*
　　　差別關稅 *discriminating duty*

奴隸解放□□ slave-emancipation

* *slave* 〔slev〕 *n.* 奴隸；奴工
　　奴隸買賣 *slave trade (traffic)*
　　奴隸市場 *slave market*
* *emancipation* 〔ɪ,mænsə'peʃən〕 *n.* 解放
　　emancipator 〔ɪ'mænsə,petə〕 *n.* 解放者
　　　婦女解放 *the emancipation of women*
　　　大解放者 *the Great Emancipator*(Abraham Lincoln之尊稱)

商業道德□□ commercial ethics

* *commercial* 〔kə'mɝʃəl〕 *adj.* 商業的；商務的
  商業蕭條 *commercial depression*
  商業學校 *a commercial school*
* *ethics* 〔'ɛθɪks〕 *n.* 道德；倫常
  職業道德 *professional ethics*
  社會道德 *social ethics*

生命機能□□ vital functions

* *vital* 〔'vaɪtl̩〕 *adj.* 生命的；生活的
  生命中樞 *vital center*
  身體要害 *a vital part*
* *function* 〔'fʌŋkʃən〕 *n.* 機能；功能
  教育功能 *educational function*
  腎臟功能 *the function of the kidneys*

公共道德□□ public morality

* *public* 〔'pʌblɪk〕 *adj.* 公衆的；公立的
  公用事業 *public utility*
          （如電力、鐵路、公共汽車、自來水等）
  公共建設 *public works*
* *morality* 〔mɔ'rælətɪ〕 *n.* 道德；美德
  商業道德 *commercial morality*
  國民道德 *national morality*

表面張力□□ surface tension

* *surface* 〔'sɝfɪs〕 *n.* 表面；外觀
  普通郵件 *surface mail* （與航空郵件相對的陸路或水路郵件）
  凸板印刷 *surface printing*

* *tension* 〔'tɛnʃən〕 *n.* 緊張；張力
  高壓電線 *high-tension wires*
  高壓電流 *a high tension current*

技術革新□□ technological innovation

* *technological* 〔,tɛknə'lɑdʒɪkl〕 *adj.* 工業技術的
  技術發展 *technological development*
  科技社會 *technological society*（指側重科技發展的社會）
* *innovation* 〔,ɪnə'veʃən〕 *n.* 革新；改革
  工業革新 *innovation in industry*
  革新方案 *the project of innovation*

電子儀器□□ an electronic apparatus

* *electronic* 〔ɪ,lɛk'trɑnɪk〕 *adj.* 電子的
  電子音樂 *electronic music*
  電子工程 *electronic engineering*（俗稱 E.E.）
* *apparatus* 〔,æpə'rætəs〕 *n.* 裝置；一套儀器
  實驗儀器 *experimental apparatus*
  暖氣裝置 *a heating apparatus*

應用化學□□ applied chemistry

* *applied* 〔ə'plaɪd〕 *adj.* 應用的
  應用科學 *applied science*
  應用美術 *applied art*
* *chemistry* 〔'kɛmɪstrɪ〕 *n.* 化學
  有機化學 *organic chemistry*
  生理化學 *physiological chemistry*

神經衰弱 □□ nervous breakdown

* **nervous** 〔'nɝvəs〕adj. 神經的；不安的
  神經病患 a nervous patient
  神經系統 nervous system
* **breakdown** 〔'brek,daʊn〕n. 病倒；崩潰
  　　　　　　　　　　adj. 專門修理故障或損壞的
  搶修大隊 breakdown gang（也可稱爲「救難大隊」）
  耐久試驗 breakdown test

心理衛生 □□ mental hygiene

* **mental** 〔'mɛntl̩〕adj. 心理的；智力的
  心理障礙 mental disorder
  智力測驗 a mental test
* **hygiene** 〔'haɪdʒɪ,in〕n. 衛生學；保健法
  hygienic 〔,haɪdʒɪ'ɛnɪk〕adj. 衛生的；保健的
  公共衛生 public hygiene
  環境衛生 hygienic conditions

合成物質 □□ synthetic stuff

* **synthetic** 〔sɪn'θɛtɪk〕adj. 合成的；人造的
  合成化學 synthetic chemistry
  合成樹脂 synthetic resin
* **stuff** 〔stʌf〕n. 材料；原料
  蔬菜種類 garden (green) stuff
  大顯身手 to do one's stuff

環境污染 □□ environmental pollution

* **environmental** 〔ɪn,vaɪrə'mɛntl̩〕adj. 環境的
  環境保護 environmental protection
  環境衛生 environmental sanitation

* ***pollution*** 〔pə'luʃən〕 *n.* 污染；不潔
  空氣污染 *air pollution*
  水源污染 *water pollution*

職業性向□□ vocational aptitude

* ***vocational*** 〔vo'keʃənḷ〕 *adj.* 職業的
  職業教育 *vocational education*
  職業輔導 *vocational guidance*
* ***aptitude*** 〔'æptə,tjud〕 *n.* 癖性；才能
  性向測驗 *aptitude test*
  創造才能 *an aptitude for invention*

嘗試錯誤□□ trial and error

* ***trial*** 〔'traɪəl〕 *n.* 嘗試；審判
  刑事審判 *a criminal trial*
  初審法庭 *a trial court*
* ***error*** 〔'ɛrɚ〕 *n.* 錯誤；過失
  判斷錯誤 *an error of judgement*
  誤入岐途 *to fall into error*

文化遺產□□ cultural heritage

* ***cultural*** 〔'kʌltʃərəl〕 *adj.* 文化的；培育的
  文化落後 *cultural lag*
  文化革命 *Cultural Revolution*
* ***heritage*** 〔'hɛrətɪdʒ〕 *n.* 遺產；繼承物
  heritable 〔'hɛrətəbḷ〕 *adj.* 可遺傳的；可繼承的
  基督教徒 *God's heritage*（尤指以色列人──上帝的選民）
  遺傳疾病 *heritable diseases*

現代文學 □□ contemporary literature

* ***contemporary*** 〔kən'tɛmpə,rɛrɪ〕
  現代小說 *contemporary novels*
  現代作家 *contemporary writers*
* ***literature*** 〔'lɪtərətʃə〕 *n.* 文學；文獻；著作
  旅行文獻 *travel literature* （包括遊記及旅行指南等）
  文學博士 *a doctor of literature*

古代文明 □□ ancient civilization

* ***ancient*** 〔'enʃənt〕 *adj.* 古代的；遠古的
  古代遺物 *ancient relics*
  舊式習俗 *an ancient custom*
* ***civilization*** 〔,sɪvḷaɪ'zeʃən〕 *n.* 文明；文化
  西方文明 *western civilization*
  中國文化 *Chinese civilization*

免費入場 □□ admission free

* ***admission*** 〔əd'mɪʃən〕 *n.* 獲得准許進入的權利
  憑票入場 *admission by ticket*
  獲准入場 *to gain (obtain) admission*
* ***free*** 〔fri〕 *adj.* 免費的；自由的
  免費郵遞 *free delivery*
  自由國家 *a free country*

分類廣告 □□ classified advertisement

* ***classified*** 〔'klæsə,faɪd〕 *adj.* 分類的；（俗語）保密的
  （文件等）
  分類目錄 *a classified catalog*
  機密情報 *classified information*

* **advertisement** 〔,ædvəˈtaɪzmənt〕 *n.* 廣告

  求職廣告 *an advertisement for a situation*

  刊登廣告 *to put in an advertisement*

市場調查 □□ market survey

* **market** 〔ˈmɑrkɪt〕 *n.* 市場；銷路；買賣

  市場分析 *market analysis*

  出售價格 *market price*

* **survey** 〔ˈsɝve, səˈve〕 *n.v.* 調查；測量

  測量土地 *to survey the land*

  測量勘察 *to make a survey*

派遣使節 □□ delegate an envoy

* **envoy** 〔ˈɛnvɔɪ〕 *n.* 使者；公使

  和平使者 *peace envoy*（奉派進行媾和的使者）

  特權公使 *an envoy extraordinary*

* **delegate** 〔ˈdɛləget〕 *v. n.* 派遣；代表

  赴會代表 *a delegate to a conference*

  奉派出席會議 *be delegated to the convention*

品質保證 □□ warrant quality

* **quality** 〔ˈkwɑlətɪ〕 *n.* 性質；種類　*adj.* 上流的；上等的

  品質管制 *quality control*

  上流人士 *quality people*

* **warrant** 〔ˈwɑrənt〕 *n.* 保證；正當理由；令狀

  憑藉良心 *with the warrant of a good conscience*

  逮捕令狀 *a warrant of arrest*

農村社會 □□ a rural community

* ***rural*** 〔'rurəl〕 *adj.* 鄉村的；有關農業的
  鄉村生活 *rural life*
  農業經濟 *rural economy*

* ***community*** 〔kə'mjunətɪ〕 *n.* 社區；共有；共同一致
  財產共有 *community of property*
  共同利益 *community of interests*

純住宅區 □□ residential area

* ***residential*** 〔,rɛzə'dɛnʃəl〕 *adj.* 居住的；住宅的
  近郊住宅 *a residential suburb*
  住宅街道 *residential street*

* ***area*** 〔'ɛrɪə〕 *n.* 地區；範圍
  區域轟炸 *area bombing*（無特定目標，全區域性的轟炸）
  區域號碼 *area code*（打長途電話時，須先撥的電話分區號碼）

政見發表 □□ an election address

* ***election*** 〔ɪ'lɛkʃən〕 *n.* 選舉
  競選活動 *election campaign*
  舉行選舉 *to hold an election*

* ***address*** 〔ə'drɛs〕 *n.* 講演；演說
  發表演說 *to make an address*
  致開幕詞 *to give the opening address*

保守勢力 □□ conservative force

* ***conservative*** 〔kən's3vətɪv〕 *adj.* 保守的；謹慎的
  保守估計 *a conservative estimate*
  守舊的人 *a conservative person*

* **force** 〔fɔrs〕 *n.* 力量；部隊；武力
  武裝部隊 *armed forces*
  訴諸武力 *to resort to force*

慈善機構□□ a benevolent institution

* **benevolent** 〔bə'nɛvələnt〕 *adj.* 慈善的；仁慈的；善意的
  仁醫仁術 *the benevolent art*
  互助協會 *a benevolent society*
* **institution** 〔,ɪnstə'tjuʃən〕 *n.* 機構；制度
  慈善機關 *a charitable institution*
  蓄奴制度 *the institution of slavery*

修正憲法 □□ constitutional amendment

* **amendment** 〔ə'mɛndmənt〕 *n.* 修正；修正案
  提出修正 *to bring forth an amendment*
  戒酒法案 *the Eighteenth Amendment* （美國 1920 年憲法第 18
  constitutional 〔,kɑnstə'tjuʃənḷ〕 *adj.* 憲法的　條的修正案）

  constitution 〔,kɑnstə'tjuʃən〕 *n.* 憲法；政治體系或制度
  起草憲法 *to draft a constitution*
  君主政體 *a monarchial constitution*

塑造人格 □□ mold one's personality

* **mold** 〔mold〕 *n.* 模子；性質；氣概
  脾氣溫順 *of gentle mold*
  英雄氣概 *to be cast in heroic mold*
* **personality** 〔,pɝsṇ'ælətɪ〕 *n.* 個性；人；人物
  個性剛強 *a strong personality*
  雙重人格 *dual personality*

修改預算 □□ the revised budget

* **revised** 〔rɪ'vaɪzd〕adj. 修訂的；校對的
  revise 〔rɪ'vaɪz〕v. 校訂；校對；改變
  校對手稿 to revise a manuscript
  改變意見 to revise one's opinion
* **budget** 〔'bʌdʒɪt〕n. 預算；根據預算而做的計畫
  減少預算 to cut down the budget
  分期付款 budget plan

垂直降落 □□ a vertical descent

* **vertical** 〔'vɝtɪkl̩〕adj. 垂直的；陡直的
  垂直運動 vertical motion
  陡直斷崖 a vertical cliff
* **descent** 〔dɪ'sɛnt〕n. 降下；降落；繼承；世襲
  溫度下降 a descent of temperature
  直系子孫 direct (lineal) descent

穩定通貨 □□ to stabilize currency

* **stabilize** 〔'stɛbl̩ˌaɪz〕vt. 使穩定
  穩定物價 to stabilize prices
  穩定工資 to stabilize wages
* **currency** 〔'kɝənsɪ〕n. 通貨；流通；流布；通用
  廣為通用 to be in wide currency
  謠言流布 The rumor gained currency.

撤回聲明 □□ withdraw statement

* **withdraw** 〔wɪθ'drɔ〕vt. 撤回；收回　　vi. 撤退
  收回特權 to withdraw privilege from a person
  軍隊撤退 The troops withdrew.

* *statement* 〔'stetmənt〕 *n.* 聲明；陳述
  發表聲明 *to make a statement*
  口頭聲明 *a verbal statement*

緊急行動□□ an urgent motion

* *urgent* 〔'ɜdʒənt〕 *adj.* 緊急的；急迫的
  緊急電報 *an urgent telegram*
  迫切需要 *urgent necessity*
* *motion* 〔'moʃən〕 *n.* 運動；移動
  在運行中 *in motion*
  自動自發 *of one's own motion*

緊急立法□□ emergency legislation

* *emergency* 〔ɪ'mɜdʒənsɪ〕 *n.* 緊急事件；緊急需要
  應急基金 *emergency fund*
  緊急會議 *emergency meeting*
* *legislation* 〔,lɛdʒɪs'leʃən〕 *n.* 立法；制定法律
  legislative 〔'lɛdʒɪs,letɪv〕 *adj.* 立法的；有關法律制定的
  立法機構 *a legislative body*
  立法會議 *a legislative assembly*

宣告破產□□ to be declared bankrupt

* *declare* 〔dɪ'klɛr〕 *v.* 宣告；聲明
  聲明反戰 *to declare against war*
  聲明作廢 *to declare off*
* *bankrupt* 〔'bæŋkrʌpt〕 *adj.* 破產的
  破產倒閉 *to go bankrupt*
  破產法則 *bankrupt law*

基本原則 □□ fundamental principle

* *fundamental* 〔͵fʌndə'mɛntl̩〕*adj*. 基本的；初階的 *n*. 基本

    基本人權 *fundamental human rights*

    基本訓練 *training in fundamentals*

* *principle* 〔'prɪnsəpl̩〕*n*. 原則；主義

    依照原則 *on principle*

    三民主義 *the Three Principles of the People*

義務教育 □□ compulsory education

* *compulsory* 〔kəm'pʌlsərɪ〕*adj*. 強迫的；強制的

    強迫捐款 *compulsory contribution*

    義務勞動 *compulsory labor*

* *education* 〔͵ɛdʒə'keʃən〕*n*. 教育；訓練

    大學教育 *a university education*

    授予教育 *to give an education*

公然反抗 □□ declare defiance

* *declare* 〔dɪ'klɛr〕*v*. 宣告；聲稱

    宣布和平 *to declare peace*

    聲明無罪 *to declare innocence*

* *defiance* 〔dɪ'faɪəns〕*n*. 挑戰；輕視；違抗

    違抗命令 *in defiance of orders*

    蔑視法律 *to set the law at defiance*

嚴格訓練 □□ strict discipline

* *strict* 〔strɪkt〕*adj*. 嚴格的；嚴密的；詳盡的

    嚴格說來 *in the strict sense (of the word)*

    詳細調查 *a strict inquiry*

* *discipline* 〔'dısəplın〕 *n*. 訓練；紀律；抑制
  紀律良好 *perfect discipline*
  抑制情慾 *to keep one's passions under discipline*

運輸設備☐☐ transportation-facility

* *transportation* 〔͵trænspə'teʃən〕 *n*. 輸送；運送
  免費運送 *free transportation*
  運輸保險 *transportation insurance*
* *facility* 〔fə'sɪlətɪ〕 *n*. 設備
  研究設備 *facilities for study*
  運動設備 *sports facilities*
  （如 running tracks 跑道, swimming pools 游泳池等）

交通事故☐☐ traffic accident

* *traffic* 〔'træfɪk〕 *n*. 交通；車輛
  交通管制 *traffic control*
  交通擁擠 *traffic jam*
* *accident* 〔'æksədənt〕 *n*. 意外災害；禍事
  平安無事 *without accident*
  遭遇變故 *to meet with an accident*

北極探險☐☐ arctic exploration

* *arctic* 〔'ɑrktɪk〕 *adj*. 北極的；嚴寒的
  北極圈帶 *the Arctic Zone*
  天氣嚴寒 *arctic weather*
* *exploration* 〔͵ɛksplə'reʃən〕 *n*. 探險；探測；研究
  航海探險 *a voyage of exploration*
  廣泛研究 *extensive exploration*

駕駛執照 □□ driving licence〔英〕, driver's license〔美〕

* **driving** 〔'draɪvɪŋ〕 n. 駕駛；操縱　adj. 強勁的
  學習駕駛 to take driving lessons
  風雨交加 a driving rain
* **licence** 〔'laɪsn̩s〕 n. 執照；許可
  汽車牌照 a driving plate
  行醫執照 a licence to practice medicine

消化器官 □□ digestive organs

* **digestive** 〔daɪ'dʒɛstɪv〕 adj. 消化的
  消化系統 the digestive system
  消化能力 digestive power
* **organ** 〔'ɔrgən〕 n. 器官
  發音器官 the organs of speech
  輿論喉舌 organs of public opinion

脈搏正常 □□ a normal pulse

* **normal** 〔'nɔrml̩〕 adj. 正常的
  正常溫度 normal temperature
  　　　（指人體的正常體溫：攝氏 36.9 度）
  師範學院 normal college
* **pulse** 〔pʌls〕 n. 脈搏；（有規律之）跳動
  把脈診斷 to feel a person's pulse
  脈搏微弱 a weak pulse

絕食療法 □□ starvation cure

* **starvation** 〔stɑr'veʃən〕 n. 飢餓
  飢餓工資 starvation wages
  飢餓而死 to die of starvation

* **cure** 〔kjʊr〕 *vt.* 醫療;治療;革除
  治療傷風 *to cure a cold*
  革除惡習 *to cure a person of bad habits*

雙重國籍 □□ dual nationality

* **dual** 〔'djuəl〕 *adj.* 二重的;二體的;二者的
  雙重性格 *a dual nature*
  兩國共管 *dual control*
* **nationality** 〔,næʃən'ælətɪ〕 *n.* 國家;國籍
  中國國籍 *of Chinese nationality*
  變更國籍 *to change one's nationality*

萬有引力 □□ universal gravity

* **universal** 〔,junə'vɝsḷ〕 *adj* 宇宙的;一般的;全盤的
  一般法則 *universal rules*
  總代理人 *a universal agent*
* **gravity** 〔'grævətɪ〕 *n.* 地心引力;嚴肅;嚴重
  表情嚴肅 *the gravity of appearance*
  局勢嚴重 *the gravity of a situation*

慈善活動 □□ charity campaign

* **charity** 〔'tʃærətɪ〕 *n.* 施與;慈善
  慈善醫院 *charity hospital*
  慈善學校 *charity school* (貧民義務學校)
* **campaign** 〔kæm'pen〕 *n.* 活動
  募款活動 *a charity for funds*
  競選活動 *an election campaign*

宗教哲學□□ the philosophy of religion

* *philosophy* 〔fə'lɑsəfɪ〕 *n.* 哲學；原理
  歷史哲學 *the philosophy of history*
  科學原理 *the philosophy of science*
* *religion* 〔rɪ'lɪdʒən〕 *n.* 宗教；信仰；修道生活
  信仰自由 *the freedom of religion*
  擔任聖職 *to be in religion*

社會環境□□ social surroundings

* *social* 〔'soʃəl〕 *adj.* 社會的
  社會問題 *social problems*
  社會道德 *social morality*
* *surroundings* 〔sə'raʊndɪŋz〕 *n.* 環境
  環境優美 *beautiful surroundings*
  宗教環境 *religious surroundings*

藝術鑑賞□□ appreciation of art

* *appreciation* 〔ə,priʃɪ'eʃən〕 *n.* 評價；鑑視；感激
  音樂欣賞 *appreciation of music*
  由衷感激 *in sincere appreciation of* ～
* *art* 〔ɑrt〕 *n.* 美術；藝術
  美術展覽 *an art exhibition*
  藝術文學 *art and letters*

智力發育□□ intellectual growth

* *intellectual* 〔,ɪntḷ'ɛktʃʊəl〕 *adj.* 智力的
  知識階級 *the intellectual class*
  知識分子 *an intellectual person*

* **growth** 〔groθ〕 *n.* 生長；發展
  工業發展 *the growth of industry*
  成長比率 *growth rate*

人口爆炸□□ a population explosion

* **population** 〔papjə'leʃən〕 *n.* 人口
  人口壓力 *population pressure*
  人口增加 *a rise in population*
* **explosion** 〔ɪk'sploʒən〕 *n.* 爆炸；爆發
  炸彈爆炸 *the explosion of a bomb*
  勃然大怒 *an explosion of rage*

核子動力□□ nuclear powers

* **nuclear** 〔'njuklɪə〕 *adj.* 核子的
  核子武器 *nuclear weapons*
  核子潛艇 *a nuclear submarine*
* **power** 〔'pauə〕 *n.* 動力；權力；勢力
  強權外交 *power politics*
  歐洲列強 *the great powers of Europe*

關稅收入□□ customs revenue

* **customs** 〔'kʌstəmz〕 *n.* 進口稅；海關；風俗
  關稅聯盟 *customs union*
  社會風俗 *social customs*
* **revenue** 〔'rɛvə,nju〕 *n.* 收入總額；國家之歲入
  國內稅收 *internal revenue*
  稅務官員 *a revenue official*

商場交易必備慣用語

第二章

下表所列為本章所精選的64組商場交易必備慣用語,在未翻至下頁之前,請先利用□□確認該慣用語的英文表達法。有把握的在第一個□打√,閱讀時可快速略過,其餘則待詳細研讀後,再驗收成果。

□□ 財政狀況(P.180)	□□ 研究發展(P.182)	□□ 企業投資(P.185)
□□ 流動資產(P.180)	□□ 董事會議(P.182)	□□ 金融公司(P.185)
□□ 固定資產(P.180)	□□ 財務報告(P.183)	□□ 儲蓄獎券(P.185)
□□ 有價證券(P.180)	□□ 賠償差額(P.183)	□□ 會計年度(P.185)
□□ 股票淨值(P.180)	□□ 擔保物件(P.183)	□□ 追加預算(P.186)
□□ 耐用年限(P.180)	□□ 分期付款(P.183)	□□ 財務報告(P.186)
□□ 剩餘價值(P.180)	□□ 定期存款(P.183)	□□ 人事費用(P.186)
□□ 應計股息(P.180)	□□ 信託存款(P.183)	□□ 經濟起飛(P.186)
□□ 普通股票(P.181)	□□ 儲蓄存款(P.183)	□□ 經濟繁榮(P.186)
□□ 股票紅利(P.181)	□□ 定期存款(P.183)	□□ 財政赤字(P.186)
□□ 員工獎金(P.181)	□□ 活期存款(P.184)	□□ 通貨膨脹(P.186)
□□ 現金制度(P.181)	□□ 存款收據(P.184)	□□ 經濟成長(P.186)
□□ 會計年度(P.181)	□□ 憑票祈付(P.184)	□□ 凍結資金(P.187)
□□ 年終結算(P.181)	□□ 旅行支票(P.184)	□□ 產油國家(P.187)
□□ 月次結算(P.181)	□□ 記名背書(P.184)	□□ 物價指數(P.187)
□□ 銷售成本(P.181)	□□ 拒絕往來(P.184)	□□ 壟斷市場(P.187)
□□ 利潤所得(P.182)	□□ 國際匯兌(P.184)	□□ 同業競爭(P.187)
□□ 營業利益(P.182)	□□ 申請外匯(P.184)	□□ 統一發票(P.187)
□□ 營業所得(P.182)	□□ 到期支票(P.185)	□□ 商業信用(P.187)
□□ 製造費用(P.182)	□□ 過期支票(P.185)	□□ 有限公司(P.187)
□□ 員工總數(P.182)	□□ 外匯管制(P.185)	
□□ 營業績效(P.182)	□□ 外匯市場(P.185)	

財政狀況 ☐☐ **financial condition**

* financial〔faɪˈnænʃəl〕*adj.* 財政的；金融的

* condition〔kənˈdɪʃən〕*n.* 情形；情況

流動資產 ☐☐ **current assets**

* current〔ˈkɝənt〕*adj.* 流通的；通行的

* assets〔ˈæsɛts〕*n.* 資產；財產

固定資產 ☐☐ **fixed assets**

* fixed〔fɪkst〕*adj.* 固定的；不變的

* assets〔ˈæsɛts〕. *n.* 資產；財產

有價證券 ☐☐ **marketable securities**

* marketable〔ˈmɑrkɪtəbḷ〕*adj.* 能賣的；適於在市場上出售的

* securities〔sɪˈkjʊrətɪz〕*n.* 公債；股票

股票淨值 ☐☐ **net book value**

* net〔nɛt〕*adj.* 淨餘的；最後的

* book〔bʊk〕*adj.* 帳簿上的

* value〔ˈvæljʊ〕*n.* 價值；價格

耐用年限 ☐☐ **useful life**

* useful〔ˈjusfəl〕*adj.* 有用的；有益的

* life〔laɪf〕*n.* 生活；壽命

剩餘價值 ☐☐ **scrap value**

* scrap〔skræp〕*adj.* 殘剩的；碎片的

* value〔ˈvæljʊ〕*n.* 價值；價格

應計股息 ☐☐ **accrued dividend**（ 會計名詞：應收但未收的股份 ）

* accrue〔əˈkru〕*vi.* 自然增殖；自然增加

* dividend〔ˈdɪvəˌdɛnd〕*n.* 股息

普通股票☐☐ **common stock**
- * common〔'kɑmən〕*adj.* 普通的；公有的；共有的
- * stock〔stɑk〕*n.* 股票；儲蓄

股票紅利☐☐ **stock dividend**
- * stock〔stɑk〕*n.* 股票；儲蓄
- * dividend〔'dɪvə,dɛnd〕*n.* 紅利；報酬；股息

員工獎金☐☐ **officers' bonuses**
- * officer〔'ɔfəsɚ〕*n.* 公務員；公司的高級職員
- * bonus〔'bonəs〕*n.* 紅利；獎金

現金制度☐☐ **cash basis**
- * cash〔kæʃ〕*n.* 現金；現款
- * basis〔'besɪs〕*n.* 制度；基礎

會計年度☐☐ **fiscal year**
- * fiscal〔'fɪskl〕*adj.* 會計的；財政的
- * year〔jɪr〕*n.* 年；年度

年終結算☐☐ **year-end closing**
- * year-end〔'jɪr,ɛnd〕*adj.* 年終的；年底的
- * closing〔'klozɪŋ〕*n.* 終結；結算

月次結算☐☐ **monthly closing**
- * monthly〔'mʌnθlɪ〕*adj.* 每月的
- * closing〔'klozɪŋ〕*n.* 終結；結算

銷售成本☐☐ **cost of sales**
- * cost〔kɔst〕*n.* 成本；費用
- * sales〔'selz〕*n.* 售貨總量；銷售工作

利潤所得 ☐☐ **interest income**

* interest〔'ɪntrɪst〕*n.* 利息；利潤
* income〔'ɪn,kʌm〕*n.* 收入；所得

營業利益 ☐☐ **operating profit**

* operate〔'ɑpə,ret〕*vt.* 管理；操縱
* profit〔'prɑfɪt〕*n.* 利益

營業所得 ☐☐ **income from operations**

* income〔'ɪn,kʌm〕*n.* 收入；所得
* operation〔,ɑpə'reʃən〕*n.* 經營；管理；買賣

製造費用 ☐☐ **manufacturing costs**

* manufacture〔,mænjə'fæktʃɚ〕*vt.* 製造
* cost〔kɔst〕*n.* 價；費用

員工總數 ☐☐ **number of employees**

* number〔'nʌmbɚ〕*n.* 數目；總數
* employee〔,ɛmplɔɪ'i〕*n.* 雇工；職員

營業績效 ☐☐ **results of operation**

* result〔rɪ'zʌlt〕*n.* 結果；成績；成效
* operation〔,ɑpə'reʃən〕*n.* 經營；管理；買賣

研究發展 ☐☐ **research and development**（俗稱 *R&D*）

* research〔rɪ'sɝtʃ〕*n.* 研究
* development〔dɪ'vɛləp,mənt〕*n.* 發展；開拓

董事會議 ☐☐ **board of directors**

* board〔bɔrd〕*n.* 理事會；董事會
* director〔də'rɛktɚ〕*n.* 指導者；理事；董事

財務報告 ☐☐ **financial statements**

* financial〔faɪˈnænʃəl〕*adj.* 財務的;金融的
* statement〔ˈstetmənt〕*n.* 陳述;聲明;計算書;報告書

賠償差額 ☐☐ **compensating balance**

* compensate〔ˈkɑmpən,set〕*n.* 賠償;報酬
* balance〔ˈbæləns〕*n.* 平衡;差額;餘額

擔保物件 ☐☐ **collateral**

* collateral〔kəˈlætərəl〕*n.* 擔保物;抵押品

分期付款 ☐☐ **installment plan**

* installment〔ɪnˈstɔlmənt〕*n.* 分期付款;分期攤付
* plan〔plæn〕*n.* 辦法;方法;計劃

定期存款 ☐☐ **time certificate**

* time〔taɪm〕*n.*（特定的）時間
* certificate〔səˈtɪfə,kɪt〕*n.* 證書;憑照

信託存款 ☐☐ **trust deposit**

* trust〔trʌst〕*n.* 信託;信用
* deposit〔dɪˈpɑzɪt〕*n.* 存款;存放物

儲蓄存款 ☐☐ **savings deposit**

* saving〔ˈsevɪŋ〕*n.* 儲蓄;（*pl.*）儲金
* deposit〔dɪˈpɑzɪt〕*n.* 存款;存放物

定期存款 ☐☐ **time deposit**

* time〔taɪm〕*n.*（特定的）時間
* deposit〔dɪˈpɑzɪt〕*n.* 存款;存放物

活期存款 ☐☐ **current account**
* current〔'kɝənt〕*adj.* 流通的；通行的
* account〔ə'kaʊnt〕*n.* 戶頭；帳目；利益

存款收據 ☐☐ **deposit receipt**
* deposit〔dɪ'pɑzɪt〕*n.* 存款；存放物
* receipt〔rɪ'sit〕*n.* 收據

憑票祈付 ☐☐ **pay to the order of**
* pay〔pe〕*v.* 支付；付款
* order〔'ɔrdɚ〕*n.* 滙票；定貨單

旅行支票 ☐☐ **travelers' check**
* traveler〔'trævlɚ〕*n.* 旅行者；旅客
* check〔tʃɛk〕*n.* 支票

記名背書 ☐☐ **full endorsement**
* full〔fʊl〕*adj.* 滿的；完全的；充足的
* endorsement〔ɪn'dɔrsmənt〕*n.* 票據等後面的簽名；背書

拒絕往來 ☐☐ **dishonored**
* dishonor〔dɪs'ɑnɚ〕*vt.* 拒絕支付或接受；不兌現

國際滙兌 ☐☐ **international exchange**
* international〔ˌɪntɚ'næʃənl̩〕*adj.* 國際的
* exchange〔ɪks'tʃendʒ〕*n.*(外幣的)兌換；滙率

申請外滙 ☐☐ **application for exchange**
* application〔ˌæplə'keʃən〕*n.* 申請
* exchange〔ɪks'tʃendʒ〕*n.*（外幣的）兌換；滙率

到期支票 ▢▢ **mature check**
* mature〔məˈtjʊr〕*adj.* 到期的
* check〔tʃɛk〕*n.* 支票

過期支票 ▢▢ **stale check**
* stale〔stel〕*adj.* 陳舊的
* check〔tʃɛk〕*n.* 支票

外滙管制 ▢▢ **exchange control**
* exchange〔ɪksˈtʃendʒ〕*n.*（外幣的）兌換；滙率
* control〔kənˈtrol〕*n.* 管理；支配；控制

外滙市場 ▢▢ **foreign exchange market**
* foreign〔ˈfɑrɪn〕*adj.* 外國的
* exchange〔ɪksˈtʃendʒ〕*n.*（外幣的）兌換；滙率
* market〔ˈmɑrkɪt〕*n.* 市場

企業投資 ▢▢ **investment in enterprise**
* investment〔ɪnˈvɛstmənt〕*n.* 投資
* enterprise〔ˈɛntɚˌpraɪz〕*n.* 企業；計畫

金融公司 ▢▢ **finance company**
* finance〔ˈfaɪnæns〕*n.* 財政；財務
* company〔ˈkʌmpənɪ〕*n.* 公司；行號

儲蓄獎券 ▢▢ **savings lottery**
* saving〔ˈsevɪŋ〕*n.* 儲蓄；(*pl.*)儲金
* lottery〔ˈlɑtərɪ〕*n.* 彩票或獎券的發行

會計年度 ▢▢ **fiscal year**
* fiscal〔ˈfɪskl̩〕*adj.* 財政的；會計的
* year〔jɪr〕*n.* 年；年度

追加預算 ☐☐ **increase of budget**
* increase〔'ɪnkris〕*n*. 增加；增長
* budget〔'bʌdʒɪt〕*n*. 預算

財務報告 ☐☐ **financial report**
* financial〔faɪ'nænʃəl〕*adj*. 財務的；金融的
* report〔rɪ'port〕*n*. 報告；紀錄

人事費用 ☐☐ **personnel expense**
* personnel〔,pɝsn̩'ɛl〕*adj*. 人事的；人員的
* expense〔ɪk'spɛns〕*n*. 費用

經濟起飛 ☐☐ **economic take-off**
* economic〔,ikə'nɑmɪk〕*adj*. 經濟的
* take-off 起飛

經濟繁榮 ☐☐ **economic prosperity; boom**
* economic〔,ikə'nɑmɪk〕*adj*. 經濟的
* prosperity〔prɑs'pɛrətɪ〕*n*. 繁榮
* boom〔bum〕*n*. 繁榮

財政赤字 ☐☐ **deficit financing**
* deficit〔'dɛfəsɪt〕*n*. 赤字；不足
* finance〔fə'næns〕*vi*. 處理財政

通貨膨脹 ☐☐ **inflation**
* inflation〔ɪn'fleʃən〕*n*. 通貨膨脹

經濟成長 ☐☐ **economic growth**
* economic〔,ikə'nɑmɪk〕*adj*. 經濟的
* growth〔groθ〕*n*. 生長；發展

凍結資金 ☐☐ **frozen capital**
* frozen〔'frozn̩〕*adj.* 凍結的
* capital〔'kæpət̩l〕*n.* 資金；資源

產油國家 ☐☐ **oil-producing countries**
* oil-producing〔ɔɪl〕〔prə'djusɪŋ〕產油的
* country〔'kʌntrɪ〕*n.* 國家

物價指數 ☐☐ **price index**
* price〔praɪs〕*n.* 價格；價錢
* index〔'ɪndɛks〕*n.* 指數

壟斷市場 ☐☐ **corner market**
* corner〔'kɔrnɚ〕*n.* 壟斷；獨占
* market〔'mɑrkɪt〕*n.* 市場；市面

同業競爭 ☐☐ **horizontal competition**
* horizontal〔ˌhɑrə'zɑnt̩l〕*adj.* 同業的；水平的
* competition〔ˌkɑmpə'tɪʃən〕*n.* 競爭；比賽

統一發票 ☐☐ **uniform invoice**
* uniform〔'junəˌfɔrm〕*adj.* 一律的；始終如一的
* invoice〔'ɪnvɔɪs〕*n.* 發票；發貨票

商業信用 ☐☐ **commercial credit**
* commercial〔kə'mɝʃəl〕*adj.* 商業的；商務的
* credit〔'krɛdɪt〕*n.* 信用；信託

有限公司 ☐☐ **limited company**（縮寫為Ltd.）
* limited〔'lɪmɪtɪd〕*adj.* 有限的；狹窄的
* company〔'kʌmpənɪ〕*n.* 公司；行號

最 常 見 的 反 義 語

最大・最小 ☐☐ **maximum**〔'mæksəmən〕*n. adj.* 最大（的）
☐☐ **minimum**〔'mɪnəmən〕*n. adj.* 最小（的）

原因・結果 ☐☐ **cause**〔kɔz〕*n.* 原因；理由
☐☐ **effect**〔ɛ'fɛkt〕*n.* 結果；效果

地獄・天堂 ☐☐ **hell**〔hɛl〕*n.* 地獄；冥府
☐☐ **paradise**〔'pærə,daɪs〕*n.* 天堂；樂園　回 heaven

同感・反感 ☐☐ **sympathy**〔'sɪmpəθɪ〕*n.* 同情；同感　回 pity
☐☐ **antipathy**〔æn'tɪpəθɪ〕*n.* 憎惡；反感

建造・破壞 ☐☐ **construction**〔kən'strʌkʃən〕*n.* 建造；建築物
☐☐ **destruction**〔dɪ'strʌkʃən〕*n.* 破壞

幻影・現實 ☐☐ **illusion**〔ɪ'ljuʒən〕*n.* 幻影；錯覺
☐☐ **reality**〔rɪ'ælətɪ〕*n.* 現實；真實。

入口・出口 ☐☐ **entrance**〔'ɛntrəns〕*n.* 入口
☐☐ **exit**〔'ɛgzɪt〕*n.* 出口

需要・供給 ☐☐ **demand**〔dɪ'mænd〕*n.* 需要；要求　*v.* 要求
☐☐ **supply**〔sə'plaɪ〕*n.* 供給；供應　*v.* 供給

銷售・購買 ☐☐ **sale**〔sel〕*n.* 銷售　sell〔sɛl〕*v.* 販賣
☐☐ **purchase**〔'pɝtʃəs〕*n. v.* 購買　回 buy

漲潮・退潮 ☐☐ **flow**〔flo〕*n.* 漲潮；流動　*v.* 潮漲；流動　回 run
☐☐ **ebb**〔ɛb〕*n.* 退潮；衰弱　*v.* 潮退；衰退

利益・損失 ☐☐ **profit**〔'prɑfɪt〕*n.* 利益
☐☐ **loss**〔lɔs〕*n.* 損失　lost〔lɔst〕*adj.* 失去的

傲慢・謙虛 ☐☐ **pride**〔praɪd〕*n.* 傲慢；誇耀　*v.* 自負；驕傲
☐☐ **modesty**〔'mɑdəstɪ〕*n.* 謙虛；適度

尊敬・輕視 ☐☐ **respect**〔rɪˈspɛkt〕*n. v.* 尊敬

☐☐ **contempt**〔kənˈtɛmpt〕*n.* 輕視

優點・缺點 ☐☐ **merit**〔ˈmɛrɪt〕*n.* 優點；價值 同 worth

☐☐ **defect**〔dɪˈfɛkt〕*n.* 缺點；過失

肯定・否定 ☐☐ **affirmative**〔əˈfɝmətɪv〕*n. adj.* 肯定（的）

☐☐ **negative**〔ˈnɛgətɪv〕*n. adj.* 否定（的）

前輩・後輩 ☐☐ **senior**〔ˈsinjɚ〕*adj.* 年長的；上級的　*n.* 前輩

☐☐ **junior**〔ˈdʒunjɚ〕*adj.* 年少的；下級的　*n.* 後輩

膽小・勇敢 ☐☐ **cowardice**〔ˈkauɚdɪs〕*n.* 膽小

☐☐ **bravery**〔ˈbrevɚɪ〕*n.* 勇敢

散文・韻文 ☐☐ **prose**〔proz〕*n.* 散文

☐☐ **verse**〔vɝs〕*n.* 詩；韻文

安全・危險 ☐☐ **safety**〔ˈseftɪ〕*n.* 安全　safe〔sef〕*adj.* 安全的

☐☐ **danger**〔ˈdendʒɚ〕*n.* 危險

讚賞・屈辱 ☐☐ **admiration**〔ˌædməˈreʃən〕*n.* 讚賞；欽佩

☐☐ **humiliation**〔hju,mɪlɪˈeʃən〕*n.* 屈辱；謙卑

罪行・無罪 ☐☐ **guilt**〔gɪlt〕*n.* 罪行　guilty〔ˈgɪltɪ〕*adj.* 有罪的

☐☐ **innocence**〔ˈɪnəsn̩s〕*n.* 無罪

簡單・複雜 ☐☐ **simplicity**〔sɪmˈplɪsətɪ〕*n.* 簡單

☐☐ **complication**〔ˌkɑmpləˈkeʃən〕*n.* 複雜

增加・減少 ☐☐ **increase**〔ˈɪnkris〕*n.* 增加　〔ɪnˈkris〕*v.* 增加

☐☐ **decrease**〔ˈdikris〕*n.* 減少　〔dɪˈkris〕*v.* 減少

缺席・出席 ☐☐ **absence**〔ˈæbsn̩s〕*n.* 缺席

☐☐ **presence**〔ˈprɛzn̩s〕*n.* 出席

| 美德・惡行 | □ | **virtue**〔'vɝtʃʊ〕*n*. 美德；長處 |
| | □ | **vice**〔vaɪs〕*n*. 惡行；缺點　回 evil |

| 喜劇・悲劇 | □ | **comedy**〔'kɑmədɪ〕*n*. 喜劇 |
| | □ | **tragedy**〔'trædʒədɪ〕*n*. 悲劇 |

| 幸運・不幸 | □ | **fortune**〔'fɔrtʃən〕*n*. 幸運 |
| | □ | **misfortune**〔mɪs'fɔrtʃən〕*n*. 不幸　回 disaster |

| 緯度・經度 | □ | **latitude**〔'lætə,tjud〕*n*. 緯度 |
| | □ | **longitude**〔'lɑndʒə,tjud〕*n*. 經度 |

| 附著・分離 | □ | **attachment**〔ə'tætʃmənt〕*n*. 附著 |
| | □ | **detachment**〔dɪ'tætʃmənt〕*n*. 分離 |

| 許可・禁止 | □ | **permission**〔pə'mɪʃən〕*n*. 許可 |
| | □ | **prohibition**〔,proə'bɪʃən〕*n*. 禁止 |

| 文明・野蠻 | □ | **civilization**〔,sɪvḷaɪ'zeʃən〕*n*. 文明 |
| | □ | **barbarism**〔'bɑrbə,rɪzəm〕*n*. 野蠻 |

| 接受・拒絕 | □ | **acceptance**〔ək'sɛptəns〕*n*. 接受 |
| | □ | **refusal**〔rɪ'fjuzḷ〕*n*. 拒絕 |

| 進化・退化 | □ | **evolution**〔,ɛvə'luʃən〕*n*. 進化 |
| | □ | **devolution**〔,dɛvə'luʃən〕*n*. 退化 |

| 正常・異常 | □ | **normality**〔nɔr'mælətɪ〕*n*. 正常 |
| | □ | **abnormality**〔,æbnɔr'mælətɪ〕*n*. 異常 |

| 忠實・不忠 | □ | **loyalty**〔'lɔɪəltɪ〕*n*. 忠實 |
| | □ | **disloyalty**〔dɪs'lɔɪəltɪ〕*n*. 不忠 |

| 回顧・期望 | □ | **retrospect**〔'rɛtrə,spɛkt〕*n*. 回顧 |
| | □ | **prospect**〔'prɑspɛkt〕*n*. 期望 |

擬聲語記憶法
聲音融入語言，有趣又好記！

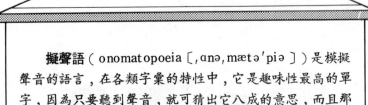

擬聲語（onomatopoeia〔ˌɑnəˌmætəˈpiə〕）是模擬聲音的語言，在各類字彙的特性中，它是趣味性最高的單字，因為只要聽到聲音，就可猜出它八成的意思，而且那傳神的聲音，往往不禁令人會心莞爾。

例如從下面這段童謠裏，你立即可以知道各種不同動物的叫聲。

Bow-wow, says the dog,	狗叫汪汪，
Mew, mew, says the cat,	貓叫喵喵，
Grunt, grunt, goes the hog,	豬叫咕嚕咕嚕，
And *squeak* goes the rat.	老鼠接著吱吱叫。
Tu-whoo, says the owl,	貓頭鷹ㄉㄨ ㄉㄨ叫，
Caw, caw, says the crow,	烏鴉ㄎㄜ ㄎㄜ叫，
Quack, Quack, says the duck,	鴨子ㄍㄨㄚ ㄍㄨㄚ叫，
And what *cuckoos* say you know.	你該知道布穀鳥怎麼叫。

此外，擬聲語也把人生百態中的喜怒哀樂，各種心理狀態的反應，唯妙唯肖地忠實記錄下來。這些分別收錄在第一章的**幽默漫畫擬聲語**，及第二章**最常用的擬聲語**中。只要您進入了這個奇妙的聲音世界，心領神會，在適當的場合中，就可不經意的巧妙使用。形之於文字，可賦予您的文章生命力，靈活神現；用之於語言，則可豐富您的表情，貼切地表達您真實的感受。

第一章　幽默漫畫擬聲語

blab〔blæb〕*v.,n.* 嘰哩咕嚕地閑談

　　一般家庭主婦東家長、西家短地嚼舌根就叫做 *blab*。告訴某人一個秘密，很快又傳給別人，也可以說她是 *a blab*（愛說秘密的大嘴巴）。

bong〔bɔŋ〕*n.* 如大鐘等所發出之聲響

　　撞擊金屬發出的聲音，中文有「鏘」、「噹」等，英文一律稱為 *bong*。如牆上掛鐘每小時敲一下發出的聲音就叫 bong。

** 這個字極易與 *boing*〔bɔɪŋ〕混淆，boing 指的是小動物輕快跳躍的聲音。

bonk〔baŋk〕*n.* 重物落下撞擊的聲音

ow〔au〕*interj.* 哎唷（突然感到疼
　痛或驚愕時的叫聲）

　　小孩通常較頑皮，尤其喜歡拿
放在高處的東西，如果不小心東西
掉下來，就會 *bong* 的一聲，打得鼻
青臉腫，要是正巧 *get a bonk on
the head*（ㄅㄛㄥ 一聲打在頭上），那
可要痛得涕淚四流了！

** ow＝ouch〔autʃ〕

brrr…〔bɚ〕*interj.* 馬達或電動機
　發動時的聲音

　　舉凡電器類的東西，發動時大
多會有馬達運轉的聲音：*brrr*…

　　有時天氣一冷，人們說話也會
像馬達一樣 brrr…地打顫，如 *It's
so c-cold, I'm t-turning b-blue.*
（天氣好冷…冷，我全身都發…發
青了）因此 brrr…也引申表示寒冷
時顫抖的聲音。

bump〔bʌmp〕*v.* 撞；碰；擊
　　　　　n. 碰撞；腫塊

　　卡通影片上常可看到卡通人物重重地跌撞在地上後，頭上立刻隆起一個腫塊——類似這種跌撞所發出的聲音就叫做 *bump*。如她ㄅㄨ地一聲跌下樓梯，就是 *she fell—bump down the stairs.* 這時要是不幸又 *bump her head against the wall*（頭ㄅㄨ地撞到牆上），後果常常就是 *a bump on the head*（頭上有腫塊）了！

boo〔bu〕*interj.* 表輕視、不贊成或震驚的聲音
　　　　v. 作噓聲

　　抗議某人的言行或對其表現（特別是舞台上的表演）表示輕蔑不滿時，都可以高聲喊 "*Boo*！" 演講人講得不精彩，也常常有 *The speaker was booed.*（演講人被喝倒彩）的情形。但是千萬不可連喊兩個 boo，boo-boo 是「大錯、疏忽」的意思，而不是強烈的抗議。

Bow-wow, says the dog,	狗叫汪汪，
Mew, mew, says the cat,	貓叫喵喵，
Grunt, grunt, goes the hog,	豬叫咕嚕咕嚕，
And *squeak* goes the rat.	老鼠接著吱吱叫。
Tu-whoo, says the owl,	貓頭鷹ㄊㄨㄊㄨ叫，
Caw, caw, says the crow,	烏鴉ㄜㄜ叫，
Quack, quack, says the duck,	鴨子ㄍㄚㄍㄚ叫，
And what *cuckoos* say you know.	你該知道布穀鳥怎麼叫。

** bow-wow〔ˈbaʊˈwaʊ〕*n.,v.* 犬吠聲

mew〔mju〕*n.,v.* 喵喵（貓叫聲）

grunt〔grʌnt〕*n.* （豬等）低沉的咕嚕聲

squeak〔skwik〕*n.,v.* 鼠吱吱叫

tu-whoo〔tuˈhwu〕*n.,v.* 貓頭鷹或梟的ㄊㄨ聲

caw〔kɔ〕*n.,v.* 烏鴉叫聲　　quack〔kwæk〕*n.,v.* 鴨叫聲

cuckoo〔kʊˈku〕*n.,v.* 布穀鳥；布穀鳥的叫聲

click〔klɪk〕*n.*, *v.* 克啦聲；作拍答聲

　　舉凡兩物相合時清脆的響聲都可稱爲 *click*，如 *The door clicked shut.*（門拍答關上）。天氣寒冷時，牙齒打顫卡卡地響也可稱爲 *the teeth clicked*。甚至軍人脚跟合攏拍答一聲立正行禮，也可說 *He clicked his heels together and saluted.*

clang〔klæŋ〕*n.*, *v.* 兩片金屬相撞的叮噹聲；刺耳的喇叭聲

　　這種叮噹聲一般都較尖銳，如消防車的 fire bell（失火警鐘）在出緊急任務時，高頻率的叮噹聲就稱爲 *clang*。一些不守交通規則的 tram-driver（電車司機）也常常喜歡 clangs the bell（亂鳴喇叭）。樂隊演奏時，兩片大銅鑼相擊，更是震耳欲聾的 *Clang*！*Clang*！

clump〔klʌmp〕*n.*, *v.* 塊、團；笨重的脚步聲

塊狀或團狀大面積的東西叫做clump。這類東西落在地上的聲音都較沉重，如大團雪球掉落在山谷裏就會有*CLUMP~CLUMP~*的回音。如果形容一個人走起路來clump clump，那這個人一定塊頭極大，而且脚步「碰、碰、碰」地十分笨重！

cock-a-doo-dle-doo
〔ˈkɑkəˌdudlˈdu〕*n.* 公鷄啼聲

中國人稱公鷄啼叫是「喔！喔！喔！」，美國人則稱為*cock-a-doo-dle-doo*，其間唸法差別極大——究竟為何公鷄的啼聲稱為cock-a-doo-dle-doo，已無法追溯，唯一可知的是美國鄉下小孩常喜歡一邊追著公鷄跑，嘴裏一邊喊*Cock a doodle doo*！或許是這樣，公鷄的啼聲就自然稱為cock-a-doo-dle-doo了！

nibble〔ˈnɪbḷ〕*n.,v.* 細吞；輕咬

　　小老鼠喜歡到處咬東西，一口一口 nibble … nibble 地啃。小魚兒也常常 nibbling at the bait（輕咬魚餌）。如果 nibble 用來形容人，則是指對食物不感興趣，慢慢地小口小口吃；或是對事情頗有微詞，如 *critics nibbling at a new novel*（評論家抨擊一部新小說）。

cackle〔ˈkækḷ〕*n.,v.* 呵呵笑；
　（母雞的）咯咯啼
yow〔jaʊ〕*interj.* 表示痛苦、驚訝、
　驚恐等的感歎詞

　　笑的時候，聲音「呵呵呵」地顫動，有時全身也會跟著興奮地抖動起來，這種笑就稱為 *cackle*。雞或鵝生蛋後咯咯的啼聲也叫做cackle。有首童謠就是形容這種好玩的咯咯聲：*Cackle, cackle, Mother Goose. Have you any feathers loose?*（鵝媽媽咯咯叫，請問您是不是羽毛掉？）

honk〔haŋk〕*n.,v.* 雁鳴；如雁鳴的聲音

雁鳴的聲音在現代都市中較難聽到，不過汽車的喇叭聲與雁鳴聲有些類似，因此，英文裏也有 the honk of an automobile 的說法，這裏的 honk 不再是雁鳴的意思，而是直接指汽車的喇叭聲。honk 也可當動詞：*He drove up in front of the house and honked.*（他將車開到屋子前面然後按喇叭）。

goo goo〔'gu'gu〕*interj.* 嬰兒所發出咕嚕咕嚕的聲音

馬克吐溫的名著頑童流浪記（*Huckleberry Finn*）裏有這麼一段話：… *he made all sorts of signs with his hands and said "Goo-goo-goo-goo" all the time, like a baby that can't talk.*（他做各種手勢，而且老是說：咕—咕—咕—咕，像個不會說話的小孩）。***goo goo*** 指的正是小孩不會說話前，嘴裏咕嚕咕嚕發出的聲音。但是 goo goo 必須兩字連用，如果只有一個 goo 則是指「任何黏而甜的東西」。

hohum〔ˊhoˊhʌm〕*interj.* 打呵欠時的聲音

人疲睏時打呵欠是極自然的現象，此外對事情不耐煩或漠不關心時，也會 hohum hohum 地呵欠連連。因此 hohum 也引申爲表示厭煩、不感興趣的感歎詞。*a hohum attitude* 指的即是漠不關心的態度。

hmm〔həm〕*interj.* 嗯聲(表思考、疑惑、不滿等)

hmm 還有其他幾種寫法：*h'm, hem, hum* 。只要閉唇，輕壓喉間就可發出 hmm 的音。這是專心思考事情或表示懷疑態度時的語音。有時候故意迴避問題也會發出 "hem"，如：*He hems and haws and comes out on both sides of every question.* (他嗯呵地不作正面答覆以至每個問題都模稜兩可。)

** haw〔hɔ〕*interj.* 支吾聲；囁嚅聲

hop〔hɑp〕*n., v.* 跳躍

　　hop 指人時為單足向前跳，指動物時為兩足齊向前跳（如圖中兔子的動作）。但是美國常用的一句俚語 *Hop it!* 卻不是跳過去的意思，而是教人「快點走開、滾開」！hop a train 也不是躍過火車之意，而是「跳上已開動的火車」。除了「跳躍」，hop 也可作飛行解，如：*He hopped up to Chicago for the day.* 他當天坐飛機去支加哥（而不是跳到支加哥）。

howl〔hɑʊl〕*n., v.* （狼、犬等）嗥叫；呼號

　　西方人很怕入夜時 heard wolves howling（聽到狼的呼號），尤其是在月圓之際，*howl* 更代表不祥之兆。除了動物的號叫，風颼颼地狂吹也可以叫 howl：*The wind howled through the trees.* （風在林間怒號）。howl 用來形容人，則是指「高聲叫罵、吼叫」：*The angry mob howled the speaker off the platform.* （憤怒的羣衆將演說者吼下台）。

poof〔puf〕*n.* 用力吐氣的聲音

深深吸一口氣，再用力吐出去，就叫做 poof。如：吃生日蛋糕前，常常得一股作氣才能 *poof* —— 吹熄所有蠟燭。小孩吹氣球也常 *poof* ～ *poof* ～ 地吹得滿臉通紅。東西突然「氣化」不見了，也可以稱爲 *poof* 。如：魔術師把籠子裏的獅子 *poof* 一聲變不見了！唸 poof 這個字時，〔f〕的音一定要唸出來，如果唸成 pooh〔pu〕，則表示厭惡或輕蔑：「呸；唖」！

whoops〔hups〕*interj.* 表示驚異或道歉的感歎詞

生活中冤不了會說錯話、做錯事——這些令人臉紅的時刻，最常用的一句道歉詞就是 whoops。如：在正式場合中錯認某人或把湯汁潑在別人身上，當事人都可說 "*whoops*！" 表示對自己的懊惱、不滿！

** whoops 與 sorry 同表道歉之意，但有程度之別：whoops 是輕度的內疚，sorry 則是較強烈的抱歉。whoops＝oops〔ups〕

puff〔pʌf〕*n., v.* 吹氣；噴烟

美國有首老歌：「*puff, the magic dragon lived by the sea,…*」（噗咈，魔術龍住在海邊…）這裏 puff 指的就是魔術龍噗～噗地噴火聲。老式的火車開動時，烟也是 puff～puff～地自火車頭噴出。抽烟時，一口一口慢慢地吞雲吐霧也可說 to puff a cigarette。有時氣喘吁吁地說話也可用 puff："*Wait for me,*" *he puffed.*（他氣喘吁吁地說：「等等我啊！」）

roar〔ror〕*n., v.* 轟鳴；怒號

一般說來，*roar* 最常用於形容動物的咆哮聲，如 the roars of a tiger（a lion）虎嘯（獅吼）。此外，人或物轟隆轟隆的吼聲也叫 roar —— *The crowd roared.*（羣衆喧囂狂叫。）*The river roared.*（河流隆隆地滾動。）*The train roared.* 則是指火車鳴～地前進。若是說 a roaring trade，則是指生意氣氛熱絡、極為興隆。

sip〔sɪp〕*n.,v.* 啜飲

　　天氣一熱，許多人喜歡大口 glug-glug 地喝飲料。但是品嘗名酒或茗茶就無法這般牛飲，而要sip sip 地淺嘗即止，才能啜得出其中的芳香甘甜。如：*He sipped at the fragrant steaming tea.*（他輕啜冒熱氣甘美的茶。）如果說成glug the tea 就味道全無了！若想邀人共飲，也可以問對方是否願意 take a sip。

** glug〔ɡlʌɡ〕*n.,v.* 大口喝

rumble〔ˈrʌmbḷ〕*n.,v.* 隆隆、轆轆的聲音

　　肚子一餓咕嚕咕嚕地叫，英文就稱為 *rumble*：the rumbles in the stomach。石頭從山坡上一路震動滾下來的聲音也是 rumble。馬車走過崎嶇不平的道路更是*rumble, rumble*～地響個不停。

　　一個人喃喃低聲地自言自語也可以用 rumble 來形容，如：*They heard him rumble out his complaint.*（他們聽到他喃喃地訴苦。）

slap〔slæp〕*n., v.* 掌擊；摑

　　手掌拍答一聲打下去就叫 slap。挨了耳光是 got a slap in the face。如果公然地摑打，那可是很嚴重的侮辱，所以 *slap* 也有侮辱、申戒的意思，如：*He was slapped in the face by not being invited to the party.* 這句話不是說他在晚會裏挨了耳光，而是他受到未被邀請參加晚會的侮辱。

** to slap around：痛打一頓

bash〔bæʃ〕*n., v.* 猛擊；痛擊
sprong〔sprɑŋ〕*interj.* 彈簧跳動的聲音

　　重重地敲打叫 *bash*。摔角比賽中，常常有選手的頭部被摔撞到四周的柱子上就稱為 bash one's head against the corner post。匪徒電影中也常可聽到 *Oh my God! I-I bashed his skull in. H-He's dead!*（噢！天啊！我——我敲了他的腦袋。他——他死了！）

　　sprong 除了指彈簧猛然地跳出之外，也可指小動物輕快地跳躍。

第二章　最常用的擬聲語

• • • • • • ★

☐ achoo〔'ɑtʃu〕*interj.* 哈啾（打噴嚏的聲音）

☐ aw〔ɔ〕*interj.* 表示厭惡、抗議、懷疑等的語氣詞。

☐ babble〔'bæbl̩〕*v.n.* 嘮嘮叨叨

☐ bam〔bæm〕*interj.* 砰然之聲

☐ bang〔bæŋ〕*interj.* 砰；轟然一聲（如門砰然關上或鎗射擊的砰砰聲）

☐ beep〔bip〕*v.n.* 汽車喇叭聲

☐ *bing bong* 按鈴的聲音

☐ blah〔blɑ〕*interj.* 胡說；瞎說

☐ blast〔blæst〕*v.n.* 爆炸（聲）；吹號角或按喇叭等的聲音

☐ blat〔blæt〕*v.* （俗語）發小牛或小羊的叫聲

☐ bluster〔'blʌstɚ〕*v.n.* 咆哮，風狂吹（也可指誇大的言論）

☐ boohoo〔'bu,hu〕*v.n.* 號哭聲

☐ bop〔bɑp〕*v.n.* 毆打（聲）

☐ bounce〔baʊns〕*v.n.* 跳回；反躍

☐ bubble〔'bʌbl̩〕*v.n.* 沸騰時氣泡的聲音

☐ burble〔'bɝbl̩〕*v.n.* 潺潺聲；滔滔不絕地說話

☐ burp〔bɝp〕*v.n.* 嬰兒打噎的聲音

☐ buzz〔bʌz〕*v.n.* 蚊蠅的嗡嗡聲；多人低聲談話的雜聲

☐ champ〔tʃæmp〕*v.n.* 大聲咀嚼

☐ chat〔tʃæt〕*v.n.* 閑談；暢談

☐☐ chatter〔'tʃætɚ〕*v.n.* 喋喋不休地說；鳥的啁啾聲

☐☐ chew〔tʃu〕*v.n.* 咀嚼食物

☐☐ chirp〔tʃɝp〕*v.n.* 鳥的啾啾聲

☐☐ chirrup〔'tʃɝəp〕*v.n.*（鳥或蟋蟀）吱喳鳴叫

☐☐ choke〔tʃok〕*v.n.* 阻塞的聲音；使窒息

☐☐ chop〔tʃɑp〕*v.n.* 砍、切（如砍柴或切肉等的聲音）

☐☐ chuckle〔'tʃʌkl̩〕*v.n.* 喀喀地笑；低聲輕笑

☐☐ chug〔tʃʌg〕*v.n.* 火車軋軋聲；汽船的突突聲

☐☐ clack〔klæk〕*v.n.* 鞋跟踏在地板上短而尖的聲音

☐☐ clank〔klæŋk〕*v.,n.* 刀劍叮噹聲；走路磕隆磕隆地響

☐☐ clap〔klæp〕*v.n.* 擊拍聲；鼓掌（*Clap up*! 請大家給予掌聲鼓勵）

☐☐ clash〔klæʃ〕*v.n.* 金屬撞擊聲

☐☐ clatter〔'klætɚ〕*v.n.* 馬啼得得聲；餐盤嘩啦作響

☐☐ clink〔klɪŋk〕*v.n.* 硬幣、鑰匙的叮噹聲

☐☐ clip〔klɪp〕*v.n.* 用剪刀修剪毛髮（的聲音）

☐☐ clip-clop〔'klɪp, klɑp〕*n.* 馬蹄聲或類似的聲音

☐☐ clomp〔klɑmp〕*v.* 木屐走動時發出的聲音

☐☐ clop〔klɑp〕*v.n.* 腳步聲（或蹄聲）

☐☐ cluck〔klʌk〕*v.n.*（母雞呼喚小雞）咯咯聲

☐☐ coo〔ku〕*v.n.* 鴣鴣聲
（如鴿子等鳥類發出的聲音；也可指戀愛中的男女之喁喁情話）

☐☐ cough〔kɔf〕*v.n.* 咳嗽聲

☐☐ crackle〔'krækl̩〕*v.n.* 噼啪聲；輕而尖的爆裂聲

☐☐ crash〔kræʃ〕*v.n.* 突然的破碎聲；轟隆的響聲

☐☐ creak〔krik〕*v.n.* 輾軋聲；地板吱吱作響聲

☐☐ crinkle〔'kriŋkl̩〕*v.n.* 衣服或紙的沙沙聲

☐☐ croak〔krok〕*v.n.* (蛙、鴉等)哇哇叫；嘎嘎聲

☐☐ crunch〔krʌntʃ〕*v.n.* 壓、踩、碾時的嘎扎聲(如車輪壓過砂礫的聲音)

☐☐ ding-dong〔'diŋ,dɔŋ〕*v.n.* (鐘或鈴的)叮噹聲

☐☐ eek〔ik〕*interj.* 驚嚇時的叫聲

☐☐ fizz〔fiz〕*v.n.* (香檳酒、汽水等)泡沫的嘶嘶聲

☐☐ flap〔flæp〕*v.n.* 鳥振翅撲拍聲

☐☐ flick〔flik〕*v.n.* 輕彈；輕打

☐☐ flip-flap〔'flip,flæp〕*v.n.* 煙火、爆竹連續的噼啪聲

☐☐ flutter〔'flʌtɚ〕*v.n.* 帘幕在風中飄動的聲音；鳥鼓翼聲

☐☐ gaggle〔'gægl̩〕*v.n.* 鵝的咯咯叫

　　(也有稱一群女人為*gaggle*的輕蔑說法)

☐☐ gargle〔'gɑrgl̩〕*v.n.* 以漱劑漱口聲

☐☐ gasp〔gæsp〕*v.n.* 喘氣；喘息

☐☐ giggle〔'gigl̩〕*v.n.* 格格地笑(尤指女孩們的笑聲)

☐☐ gobble〔'gɑbl̩〕*v.n.* 火雞的咯咯聲

☐☐ growl〔graʊl〕*v.n.* (犬等)低沉的怒吼聲

☐☐ growr〔graʊr〕*interj.* (熊等動物的)咆哮聲

☐☐ grumble〔'grʌmbl̩〕*v.n.* 喃喃訴苦，鳴不平；雷鳴聲

☐☐ gurgle〔'gɝgl̩〕*v.n.* 潺潺流聲；作汨汨聲

☐☐ ha〔hɑ〕*interj.* 哈；噫(表驚異、快樂、懷疑、勝利等的呼聲)

　　＊連續發此聲，則表示輕蔑、譏諷或笑聲

☐☐ hee-haw〔'hi,hɔ〕*v.n.* 驢叫聲；狂笑聲

☐☐ hee-hee〔'hi'hi〕*interj.* 嘻嘻的笑聲

☐☐ hiccup〔'hɪkəp〕*v.n.* 打嗝；打呃聲

☐☐ hip〔hɪp〕*interj.* 歡呼之聲（如：*Hip, hip, hurray!*）

☐☐ hiss〔hɪs〕*v.n.* 嘶嘶聲（如鵝、蛇或蒸氣等發出的聲音）

☐☐ ho-ho〔'ho'ho〕*interj.* 由腹腔發出的得意笑聲

☐☐ huh〔hʌ〕*interj.* 哼！哈！（表驚異、輕蔑、疑問等）

☐☐ humph〔hʌmf〕*interj.* 哼！（表疑惑、不滿聲）

☐☐ hurray〔hə're〕*v.n.* 歡呼聲；讚賞的呼聲

☐☐ hush〔hʌʃ〕*v.n.* 發"噓"聲使人安靜

☐☐ jangle〔'dʒæŋgl̩〕*v.n.* 鈴叮噹亂響；噪音

☐☐ jingle〔'dʒɪŋgl̩〕*v.n.* 鐘或鈴的叮噹聲

☐☐ knock〔nɑk〕*v.n.* 敲擊聲

☐☐ la-di-da〔,lɑdɪ'dɑ〕*interj.* 對裝模作樣的人所發的嘲笑聲

☐☐ meow〔mɪ'aʊ〕*n.* 貓叫聲

☐☐ moo〔mu〕*v.n.* 牛鳴聲（哞）

☐☐ munch〔mʌntʃ〕*v.n.* 用力咀嚼的聲音

☐☐ murmur〔'mɝmɚ〕*v.n.* 連續低語的模糊聲

☐☐ mutter〔'mʌtɚ〕*v.n.* 喃喃低語；雷鳴的隆隆聲

☐☐ niminy-piminy〔'nɪmənɪ'pɪmənɪ〕*adj.* 裝腔作勢的；娘娘腔的

☐☐ ouch〔aʊtʃ〕哎唷！（表疼痛、驚愕的聲音）

☐☐ pah〔pæ〕*interj.* 呸！哼！（表憎惡或輕蔑的聲音）

☐☐ pant〔pænt〕*v.* 喘氣；心臟猛烈跳動的聲音

☐☐ pat〔pæt〕*v.n.* 輕拍；脚步拍搭地走路或跑步

☐☐ patter〔'pætɚ〕*v.n.* 急速輕拍的聲音（如雨滴打在屋頂上）

☐☐ phew〔pfju〕*interj.* 呸！唪！（表憎惡、不耐、驚訝等聲音）

☐☐ phooey〔'fui〕*interj.* （俗語）表輕視、摒棄等的感歎詞

☐☐ ping-pong〔'pɪŋ,paŋ〕*n.* 乒乓球，桌球

☐☐ pitter-patter〔'pɪtɚ,pætɚ〕*v.n.* 連續急速拍達拍達聲
　　（如穿木屐快速走路的聲音）

☐☐ plop〔plap〕*v.n.* 撲通聲（如小物件落於水中）

☐☐ pump〔pʌmp〕*v.n.* 用唧筒抽水的聲音；心臟跳動

☐☐ purr〔pɝ〕*v.n.* 低而愉快的聲音；（貓等）輕柔的嗚嗚聲

☐☐ rasp〔ræsp〕*v.n.* 用銼子銼發出的刺耳聲

☐☐ rat-a-tat〔'rætə'tæt〕*n.* 砰砰（連續叩擊聲）

☐☐ rattle〔'rætl̩〕*v.n.* 嘎嘎聲；喋喋說話的聲音

☐☐ rip〔rɪp〕*v.n.* 撕開；扯開

☐☐ rub〔rʌb〕*v.n.* 摩擦；按摩

☐☐ rub-a-dub〔,rʌbə'dʌb〕*v.n.* （鼓之）咚咚聲

☐☐ ruff〔rʌf〕*v.n.* 狗的吠聲

☐☐ rustle〔'rʌsl̩〕*v.n.* 樹葉的沙沙聲；絮絮低語聲

☐☐ scrape〔skrep〕*v.n.* 刮；削；擦淨；摩擦聲

☐☐ scratch〔skrætʃ〕*v.n.* 搔；抓；擦

☐☐ scream〔skrim〕*v.n.* 尖聲叫喊；大笑；高聲說話

☐☐ screech〔skritʃ〕*v.n.* 以尖銳刺耳的聲音喊救命

☐☐ sh〔ʃ〕*interj.* 噓！安靜一點

☐☐ shoo〔ʃu〕*interj.* 趕走鳥獸之呼聲

☐☐ sizzle 〔'sɪzḷ〕 *v.n.* 發出絲絲聲地煎炒着

☐☐ slam 〔slæm〕 *v.n.* 門砰然關閉;砰然聲

☐☐ slip 〔slɪp〕 *v.n.* 滑;溜;悄悄溜走

☐☐ slobber 〔'slɑbɚ〕 *v.n.* 流涎;淌口水

☐☐ slurp 〔slɝp〕 *v.n.* 發出聲音的啜食

☐☐ snicker 〔'snɪkɚ〕 *v.n.* (不懷敬意的) 暗笑;竊笑

☐☐ sniff 〔snɪf〕 *v.n.* 以鼻吸氣聲;嗤之以鼻

☐☐ snort 〔snɔrt〕 *v.n.* 自鼻噴氣聲;噴鼻息表輕蔑或不耐

☐☐ sob 〔sɑb〕 *v.n.* 嗚咽;啜泣;欷歔

☐☐ spew 〔spju〕 *v.n.* 作嘔;吐出

☐☐ suck 〔sʌk〕 *v.n.* 吸吮聲;啜乳

☐☐ swish 〔swɪʃ〕 *v.n.* 帶着瑟瑟之聲揮動;發出瑟瑟聲

☐☐ tap 〔tæp〕 *v.n.* 輕敲;輕扣;輕拍;輕踏

☐☐ te-hee 〔ti'hi〕 *interj.* 嘻嘻! (特別指女性的嗤嗤笑聲)

☐☐ throb 〔θrɑb〕 *v.n.* (心臟等) 悸動;有規律的跳動

☐☐ tickle 〔'tɪkḷ〕 *v.n.* 輕觸使生酥癢之感覺;胳肢

☐☐ ting-a-ling 〔'tɪŋə,lɪŋ〕 *n.* 小鈴、風鈴等的叮噹聲

☐☐ tittup 〔'tɪtəp〕 *v.n.* 跳躍而行;活潑的腳步;歡騰的動作

☐☐ tromp 〔trɑmp〕 *v.* 走路時發出響聲;腳步很重地走路

☐☐ tut 〔tʌt〕 *interj.n.* 噓!嘖! (表示不耐、輕蔑、責難之聲)

☐☐ twang 〔twæŋ〕 *v.n.* 撥弦發出的聲音;尖銳的鼻音

☐☐ ***tweedledum and tweedledee*** 半斤八兩的東西;難兄難弟

☐☐ tweet 〔twit〕 *v.n.* 小鳥的啾啾聲

☐☐ ululate〔'juljə,let〕v.（狼、犬等）嗥；（鳥）啼；哀鳴；呼叫聲

☐☐ warble〔'wɔrbl̩〕v.n.鳥啁啾之聲；以顫聲唱歌

☐☐ whack〔hwæk〕v.n.重擊；用力打；敲擊

☐☐ wham〔hwæm〕n.爆炸聲；重重地一擊

☐☐ wheeze〔hwiz〕v.n.喘息；哮喘地說話

☐☐ whew〔hwju〕interj.哎呀！唷！(表驚訝、厭惡、沮喪、鬆一口氣等的驚歎聲)

☐☐ whicker〔'hwɪkɚ〕v.（馬等動物的）嘶鳴聲

☐☐ whiff〔hwɪf〕v.n.一陣空氣；噴、吹、抽（煙斗等）

☐☐ whine〔hwaɪn〕v.n.發低哀之鼻聲；發長鳴聲；牢騷

☐☐ whir(r)〔hwɝ〕v.n.呼呼的聲音（如馬達或飛機的螺旋槳）

☐☐ whisper〔'hwɪspɚ〕v.n.低聲耳語；（樹葉等的)沙沙聲、颯颯聲

☐☐ whist〔hwɪst〕interj.靜些！別鬧！噓！

☐☐ whistle〔'hwɪsl̩〕v.n.口笛聲；汽笛聲；嘯聲；吹哨

☐☐ whiz(z)〔hwɪz〕v.n.颼颼掠過（如箭飛行的聲音）；蜜蜂的嗡嗡聲

☐☐ whoop〔hwup〕v.n.高聲尖叫；吶喊；哮喘聲

☐☐ whoop-de-do〔'hupdɪ,du〕n.熱熱鬧鬧、廣告宣傳活動；議論紛紛

☐☐ wobble〔'wɑbl̩〕v.n.來來回回搖擺震動的聲音

☐☐ woof〔wuf〕v.n.（牛或犬等）作低鳴聲

☐☐ wow〔waʊ〕interj.噢！哇！（表驚愕、愉快、痛苦等之感歎詞）

☐☐ yackety-yak〔'jækətɪ'jæk〕v.n.絮絮叨叨地說話

☐☐ yah〔jɑ〕interj.呀！（表示嘲笑、不喜歡或挑釁、反抗等）
　　　　　　adv.相當於yes

☐☐ yap〔jæp〕v.n.犬吠；大聲叫；吵嚷；瞎扯

☐☐ ya-ta-ta〔'jɑtətə〕*n.*（俚語）空虛的談話

☐☐ yawn〔jɔn〕*v.n.* 打呵欠

☐☐ yawp〔jɑp〕*v.n.* 高聲喊叫；吵嚷；（俗語）高聲打哈欠

☐☐ yelp〔jɛlp〕*v.n.*（興奮或痛苦時的）高聲叫喊；（犬等）叫嗥

☐☐ yipe〔jaɪp〕*interj.*表示痛苦、喪膽、驚恐等之感歎詞

☐☐ yippee〔'jɪpi〕*interj.*表示狂喜、快樂等之感歎詞

☐☐ yock〔jɑk〕*v.n.*（俚語）縱聲大笑

☐☐ yo-heave-ho〔'jo'hiv'ho〕*interj.* 唷嗬！

　　（昔日水手們於拔錨或起錨時的呼唱聲）

☐☐ yo-ho〔jo'ho〕*interj.* 促人出力或注意的叫聲

☐☐ yoo-hoo〔'ju'hu〕*interj.*（大聲喊叫）促人注意之聲

　　（尤其是呼喚遠方的人注意時）

☐☐ yowl〔jaʊl〕*v.n.* 號叫；咆哮；長吼；大聲抗議

☐☐ zing〔zɪŋ〕*v.n.*（俚語）高速運動的物體所發出之尖銳響聲

　　（如機關鎗子彈之颼颼聲）

☐☐ zip〔zɪp〕*n.* 用拉鍊拉緊（開）；颼颼聲（如彈丸飛過天空時的聲音）

☐☐ zoom〔zum〕*v.n.* 陡直上升；迅速或突然上升時發出的嗡嗡聲

　　（如飛機陡直上升的呼嘯聲）

全國最完整的文法書
文 法 寶 典

劉 毅 編著

　　這是一套想學好英文的人必備的工具書，作者積多年豐富的教學經驗，針對大家所不了解和最容易犯錯的地方，編寫成一套完整的文法書。

　　本書編排方式與眾不同，首先給讀者整體的概念，再詳述文法中的細節部分，內容十分完整。文法說明以圖表為中心，一目了然，並且務求深入淺出。無論您在考試中或其他書中所遇到的任何不了解的問題，或是您感到最煩惱的文法問題，查閱「文法寶典」均可迎刃而解。例如：哪些副詞可修飾名詞或代名詞？(P.228)；什麼是介副詞？(P.543)；哪些名詞可以當副詞用？(P.100)；倒裝句(P.629)、省略句(P.644)等特殊構句，為什麼倒裝？為什麼省略？原來的句子是什麼樣子？在「文法寶典」裏都有詳盡的說明。

　　例如：有人學了觀念錯誤的「假設法現在式」的公式，

> If + 現在式動詞……，主詞 + shall (will, may, can) + 原形動詞

只會造： If it rains, I will stay at home.

而不敢造： If you *are* right, I *am* wrong.

　　　　　If I *said* that, I *was* mistaken.

　　　　　(If 子句不一定用在假設法，也可表示條件子句的直說法。)

可見如果學文法不求徹底了解，反而成為學習英文的絆腳石，對於這些易出錯的地方，我們都特別加以說明(詳見P.356)。

　　「文法寶典」每一冊均附有練習，只要讀完本書、做完練習，您必定信心十足，大幅提高對英文的興趣與實力。

全套五冊，售價1,400元。
市面不售，請直接向本公司購買。

劉毅英文家教班成績優異同學獎學金排行榜

姓名	學校	總金額	姓名	學校	總金額	姓名	學校	總金額	姓名	學校	總金額
蕭芳祁	成功高中	173750	林芮年	北一女中	34900	黃煜鈞	建國中學	24600	羅翊庭	板橋高中	1970
江冠廷	建國中學	162200	溫育菱	景美女中	34900	邵世儒	成功高中	24300	蔡竺君	中山女中	1960
陳柏瑞	建國中學	158600	林敬傑	成功高中	33800	吳孟哲	成淵高中	24100	郭蕙綸	板橋高中	1960
羅培瑞	延平高中	148600	陳柏瑋	建國中學	33700	鄭惟仁	建國中學	24100	楊慧帆	南山高中	1950
翁御修	師大附中	138500	楊玄詳	明志國中	33600	高昀婕	北一女中	24100	徐子洋	延平高中	1950
王泓琦	中山女中	134400	李 洋	師大附中	33200	陳奕仲	建國中學	23900	吳姿萱	北一女中	1945
潘貞諭	北一女中	132400	陳冠勳	中正高中	33100	高立穎	板橋高中	23700	王柏凱	建國中學	1940
薛宜婷	北一女中	129700	廖家可	師大附中	32700	楊肇燡	建國中學	23600	顏菽澤	華江高中	1940
簡翔凌	北一女中	129500	王俊智	大直高中	32300	黃安正	松山高中	23600	劉彥甫	南湖高中	1930
楊蕙寧	中崙高中	126200	李宗鴻	成功高中	31900	陳羿伶	華江高中	23400	許瑋庭	建國中學	1925
王冠宇	建國中學	122500	洪辰宗	師大附中	31800	張宜平	中和高中	23200	樊 毓	建國中學	1920
張寧珺	北一女中	121900	陳飆懿	永春高中	31700	林俐吟	中山女中	23150	許哲維	大直高中	1910
呂育昇	建國中學	119900	楊竣翔	建國中學	31000	陳冠綸	成功高中	23100	賴明煊	松山高中	1900
邵祺皓	建國中學	119100	邵偉桓	大直高中	30950	李孟蕷	景美女中	23000	曹瑞丕	成功高中	1890
林則方	明倫高中	117400	黃珮瑄	中山女中	30750	高煒哲	成功高中	22800	楊其儒	師大附中	1890
葉書偉	師大附中	116600	王宣期	中山女中	30700	陳韻安	進修生	22600	林大鈞	建國中學	1890
蘇聖博	建國中學	110500	紀乃慈	衛理女中	30600	李 昕	育成高中	22500	蕭允祈	東山高中	1885
沈奕均	北一女中	109000	許益誠	成功高中	30600	郭清怡	師大附中	22500	吳冠宏	建國中學	1870
洪培綸	成功高中	108300	徐子瑜	內湖高中	29900	洪詩涵	中和高中	22400	魏宏旻	中和高中	1870
曾文勤	北一女中	107400	吳則緯	成功高中	29600	曾煜凱	成淵高中	22300	吳承恩	成功高中	1870
陳允禎	格致高中	107400	詹其穎	板橋高中	29000	許晏魁	竹林國中	22250	張博勛	建國中學	1870
吳珞瑪	中崙高中	103300	魏雲杰	成功高中	28800	邱睿亭	師大附中	22250	陳嘉敏	北一女中	1860
蔣耀樟	師大附中	102500	邱柏盛	進修生	28700	范綱晉	師大附中	22200	陳羿愷	建國中學	1857
陳亭甫	建國中學	94900	劉仁偉	板橋高中	28500	鄭凱文	建國中學	22200	林懿莘	中山女中	1843
林渝軒	建國中學	81001	謝孟哲	延平高中	28500	姜思羽	中山女中	22000	張智堯	建國中學	1830
蔡景勻	內湖高中	66500	邱逸瑩	縣三重高中	28400	張景翔	師大附中	22000	陳宜琳	北一女中	1820
曾昱誠	建國中學	61800	劉彥廷	成功高中	28400	黃韻帆	板橋高中	22000	郭偵丈	中山女中	1810
李家偉	成功高中	60800	蘇傳堯	師大附中	28100	許瑋峻	延平高中	21700	呂柔霏	松山高中	1805
鄭婷云	師大附中	58200	辛亞潔	大同高中	27900	王宣鈞	延平高中	21500	黃瀞儀	樹林高中	1800
丁哲浩	建國中學	58200	張薇貞	景美女中	27900	郭貞里	北一女中	21450	許至禎	明倫高中	1800
薛羽彤	北一女中	57368	劉玠均	北一女中	27700	歐陽嘉瑤	建國中學	21375	李紘賢	板橋高中	1800
謝伊妍	松山高中	53400	賴佳瑜	松山高中	27600	林雨潔	中山女中	21300	蕭樂山	建國中學	1790
蔡書旻	格致高中	52400	鄒昌霏	大同高中	27500	林育如	大同高中	21300	李芷涵	松山高中	1790
陳光炫	建國中學	51400	姜德婷	延平高中	27300	柯鈞崴	成淵高中	21300	李承芳	中山女中	1770
白子洋	建國中學	51100	林俊瑋	建國中學	27200	王楚璿	北一女中	21266	林詩涵	南湖高中	1770
陳亭熹	北一女中	49400	黃堂榮	延平高中	27100	徐永安	建國中學	21200	吳定軒	板橋高中	1760
徐大鈞	建國中學	49300	吳怡萱	永春高中	27100	王子豪	師大附中	21200	洪健雄	成功高中	1760
朱庭萱	北一女中	48317	朱哲毅	師大附中	27000	賴俊銘	成功高中	20800	張育銓	成功高中	1760
顏汝栩	北一女中	48100	賴映君	靜修女中	26800	張逸軒	建國中學	20700	姚政徹	景美女中	1750
林 立	建國中學	45875	賴奕丞	明倫高中	26500	何翌穗	北一女中	20666	李芃霓	華僑高中	1750
劉宜陵	中崙高中	45600	吳其嶸	延平高中	26300	陳冠芸	華江高中	20600	龔 毅	師大附中	1750
許四融	建國中學	44600	江咸君	金陵女中	25800	劉詩瑜	中崙高中	20400	左如元	育成高中	1740
陳瑋欣	北一女中	44200	許曄苓	百齡高中	25800	黃雅晨	中和高中	20400	董 芸	育成高中	1730
張立昀	北一女中	44167	王文洲	建國中學	25800	朱祐霆	成淵高中	20400	許佳雯	板橋高中	1720
蔡佳君	中山女中	44000	張政榕	三民高中	25500	賴科維	延平高中	20300	郭芊妤	文德女中	1710
林琬娟	北一女中	43883	施恩潔	北一女中	25300	張延寧	明倫高中	20200	高聖峰	建國中學	1711
陳彥同	建國中學	41266	練子立	海山高中	25300	黎上瑋	麗山高中	20100	江昱嫻	北一女中	1700
呂學宸	師大附中	41200	吳宇晴	中山女中	25000	梁耕瑋	師大附中	20100	陳冠宇	明倫高中	1700
陳瑞邦	成功高中	37700	何宇犀	陽明高中	25000	阮柏勛	華江高中	20100	林士傑	建國中學	1700
蘇郁涵	大理高中	36300	李國維	建國中學	24900	劉奕廷	華江高中	19800	吳語潔	南山高中	1690
林鈺恆	中和高中	36100	陳邦尹	成功高中	24800	羅偉恩	師大附中	19800	李明叡	建國中學	1690

姓名	學校	總金額	姓名	學校	總金額	姓名	學校	總金額	姓名	學校	總金額
賴又華	北一女中	16800	王惠姍	大同高中	14700	童楷	師大附中	13500	張天瑋	建國中學	12300
陳胤禎	成功高中	16800	盧彥錞	建國中學	14700	陳翊薇	北一女中	13400	黃詩涵	師大附中	12300
黃昱翔	建國中學	16700	顏意欣	北一女中	14700	楊明仁	建國中學	13400	蔡政軒	師大附中	12300
周佳妮	重考生	16600	游雅嵐	和平高中	14700	張凱傑	建國中學	13400	葉玲瑜	北一女中	12300
曾乙晏	成功高中	16600	張鈺靖	松山高中	14700	陳致元	建國中學	13400	廖宣懿	北一女中	12300
陳威任	南湖高中	16500	何思緯	內湖高中	14700	陳柏誠	松山高中	13400	劉容容	松山高中	12200
余冠廷	建國中學	16500	蔡念臻	北一女中	14666	林育正	師大附中	13400	翁于婷	松山高中	12200
邱婷蔚	北一女中	16400	魯怡佳	北一女中	14633	蔡汝霖	大直高中	13350	張永樑	建國中學	12200
劉重均	北一女中	16400	張譽瀚	成淵高中	14600	林政緯	成功高中	13300	吳采曄	北一女中	12200
范祐豪	師大附中	16400	黃姿瑋	中和高中	14500	張詩亭	北一女中	13300	蔡秉均	建國中學	12200
郭致妤	基隆女中	16300	李宜蒨	北一女中	14466	曾右濤	建國中學	13300	施懿庭	師大附中	12200
林敬富	師大附中	16300	李禹達	西松高中	14400	周東林	百齡高中	13300	趙彥甯	中正高中	12100
簡上祐	成淵高中	16300	賴韻如	華江高中	14300	林詠欣	北一女中	13200	鄭曈翰	中正高中	12100
陳詩昀	北商學院	16200	王亭雅	師大附中	14300	陳裕文	板橋高中	13200	曾品睿	中山女中	12100
范文棋	中崙高中	16200	張安	建國中學	14300	林子筠	中山女中	13200	高堅庭	明倫高中	12100
劉祖亨	成淵高中	16200	張爾蘭	中山女中	14300	吳柏萱	建國中學	13200	張軒翊	大同高中	12100
劉瑄	松山高中	16100	李心蕙	海山高中	14300	林芷伃	中山女中	13100	陳俊達	板橋高中	12100
王沛安	景美女中	16000	何昕叡	建國中學	14200	劉祐閎	成功高中	13100	劉以增	板橋高中	12100
周柿均	北一女中	15900	柯文斌	明倫高中	14200	陳皛	建國中學	13100	黃韻慈	建國中學	12000
林俐妤	大直高中	15900	王奕婷	北一女中	14200	徐瑋澤	建國中學	13100	吳佩勳	松山高中	12000
洪書婷	大同高中	15800	黃柏榕	建國中學	14200	陳俐君	秀峰高中	13100	李孟璇	景美女中	12000
張博淵	延平高中	15800	蔡汶原	成功高中	14200	林宜靜	明倫高中	13100	蔣欣妤	板橋高中	12000
鄭景文	師大附中	15800	張聿辰	建國中學	14100	卓漢庭	景美女中	13100	陳奕君	北一女中	11900
吳杰穎	大同高中	15800	陳正和	師大附中	14100	陳品文	建國中學	13100	劉博馨	中和高中	11900
周佑昱	建國中學	15800	周子芸	北一女中	14075	陳翔緯	建國中學	13100	賈棕凱	建國中學	11900
黃白雲	成功高中	15800	林述君	松山高中	14050	劉聖廷	松山高中	13075	游顯儒	羅東高中	11900
陳宥廷	板橋高中	15700	饒宇軒	政大附中	14000	李霂季	建國中學	13000	黃玄皓	師大附中	11900
張宇揚	建國中學	15700	洪懿亨	建國中學	14000	丘子軒	北一女中	13000	陳弘庭	建國中學	11850
吳庭語	景美女中	15700	廖珮函	北一女中	13975	詹士賢	建國中學	13000	陳俐蓁	中山女中	11800
吳雨宸	北一女中	15700	楊祐瑋	中正高中	13900	林宏杰	成功高中	12900	梁聖	明倫高中	11800
溫子漢	麗山高中	15650	朱育萱	中山女中	13900	林書佑	師大附中	12900	張哲維	松山高中	11800
秦知寧	中正高中	15600	孫迦玫	金陵女中	13900	戴士傑	永春高中	12900	李彥豪	北一女中	11800
何慧瑩	內湖高中	15500	白哲睿	建國中學	13900	陳雅晴	板橋高中	12900	何政道	師大附中	11800
何佩臻	永平高中	15400	郭昌叡	建國中學	13900	張文馨	師大附中	12800	何至軒	重考生	11700
王介竑	師大附中	15400	黃柏綱	建國中學	13800	楊嘉祐	師大附中	12800	林冠余	中正高中	11700
官鼎翔	大同高中	15300	黃乃羙	北一女中	13800	雷力銘	東山高中	12700	曾鈺瑩	大同高中	11700
賴冠儒	永春高中	15300	陳胤竹	建國中學	13800	尤修鴻	松山高中	12700	嚴仁甫	建國中學	11700
林冠逸	中正高中	15300	林冠宇	松山高中	13750	莊庭秀	板橋高中	12700	黃鼎程	師大附中	11700
劉弘煒	師大附中	15300	劉子瑄	松山高中	13700	林奐妤	北一女中	12700	江潓溱	復興商工	11700
曹騰躍	內湖高中	15300	魏廷龍	陽明高中	13700	曹傑	松山高中	12650	蔡必婕	景美女中	11700
廖子瑩	北一女中	15266	陳衍廷	東山高中	13600	韓月姵	中和高中	12600	李季紘	大直高中	11700
方仕翰	南山高中	15200	陳岳	建國中學	13600	黃乃夑	基隆女中	12600	蘇亭安	永平高中	11600
柯冠宇	中和高中	15200	鍾承飴	成功高中	13600	方翔	成功高中	12500	張平	松山高中	11600
王志嘉	建國中學	15200	勞亞婷	景美女中	13600	陶俊成	成功高中	12500	陳筠喧	松山高中	11600
游世群	建國中學	15100	張乃文	建國中學	13600	蔡孟儒	板橋高中	12400	丁士軒	內湖高中	11600
林筱儒	中山女中	15100	徐珮宜	板橋高中	13600	楊詠晴	國三重高中	12400	鄭雅之	中山女中	11575
徐柏庭	延平國中部	15000	陳映彤	中山女中	13600	黃安澄	北一女中	12400	李幼新	建國中學	11500
林裕騏	松山高中	14900	戴章祐	成功高中	13500	牛筱彣	景美女中	12400	蔡渝靈	建國中學	11500
蔡昕叡	松山高中	14900	林意紋	中和高中	13500	林勁延	成功高中	12400	楊喜雲	永平高中	11500
翟恆威	師大附中	14850	陳怡誠	建國中學	13500	林鼎翔	建國中學	12400	陳煒凱	成功高中	11500
劉九榛	育成高中	14800	何昱葳	中山女中	13500	吳重玖	建國中學	12375	陳勁揚	大直高中	11500
呂科進	成功高中	14800	吳御甄	中山女中	13500	黃心琳	北一女中	12300	蔡安騏	師大附中	11500
林仕強	建國中學	14800	蔣佳勳	中山女中	13500	葉家易	建國中學	12300			

劉毅英文「*100年學科能力測驗*」15級分名單

姓 名	學 校	班級	姓 名	學 校	班級	姓 名	學 校	班級	姓 名	學 校	班級
丁哲浩	建國中學	319	林敬傑	成功高中	318	陳亮勳	建國中學	302	蔣盛文	成功高中	324
王心怡	達人女中	3樂	林婷嵐	國立大里高中	304	陳品升	新店高中	301	蔣耀樟	師大附中	1233
王泓琦	中山女中	3誠	邵祺皓	建國中學	323	陳奕仲	建國中學	301	蔡亞倫	南港高中	304
王俊智	大直高中	306	姜思羽	中山女中	3公	陳柏松	板橋高中	312	蔡宗霖	建國中學	318
王冠宇	建國中學	312	姜德婷	延平高中	311	陳柏瑞	建國中學	317	蔡秉倫	成功高中	303
王筑瑩	大直高中	303	姜 驊	建國中學	318	陳衍延	東山高中	3仁	蔡竺君	中山女中	3敏
王慈君	大直高中	303	施恩潔	北一女中	3良	陳韋廷	北一女中	3御	蔡瀹斐	建國中學	310
王耀增	建國中學	312	柯怡安	北一女中	3公	陳婉瑜	永平高中	307	鄭全晏	大同高中	302
朱哲民	建國中學	330	洪健雄	成功高中	316	陳翊薇	北一女中	3御	鄭宇辰	中崙高中	303
朱耘達	政大附中	302	范緯翰	台中一中	312	陳惠如	台中女中	311	黎上瑋	麗山高中	306
江冠廷	建國中學	301	范綱晉	師大附中	1213	陳筠婷	大同高中	311	蕭至恆	建國中學	329
何侑霖	台中一中	323	孫迦玫	金陵女中	377	陳禎憶	台中女中	305	蕭育融	建國中學	308
吳允佳	台中女中	310	徐子瑜	內湖高中	318	陳韻安	重 考 生	重考生	蕭雅云	麗山高中	308
吳京恩	建國中學	303	徐之穎	麗山高中	307	陸翊豪	建國中學	323	蕭樂山	建國中學	326
吳其叡	延平高中	308	徐右騂	建國中學	310	粘家睿	建國中學	315	賴亭妤	台中女中	303
吳怡萱	永春高中	306	徐永安	建國中學	307	曾品睿	中山女中	3敬	謝伊妍	北一女中	3禮
吳亭彣	內湖高中	311	秦知寧	中正高中	320	曾曼嘉	北一女中	3和	謝 洵	內湖高中	303
吳嘉容	中山女中	3平	翁巧柔	景美女中	3智	曾雅笛	中崙高中	302	謝曜吉	台中一中	314
吳馨安	師大附中	1213	袁儀庭	文華高中	314	黃宇生	台中一中	308	韓釆彤	大同高中	301
呂孟儒	國立大里高中	314	高聖峰	建國中學	322	黃昱翔	建國中學	324	簡鈺欣	中山女中	3禮
呂滋毅	復興高中	3信	高煒君	成功高中	307	黃致嘉	成功高中	324	顏意欣	北一女中	3歡
呂芷璇	重 考 生	重考生	高譜軒	建國中學	307	黃 晴	師大附中	1222	魏雲杰	成功高中	317
呂學宸	師大附中	1221	張可盼	政大附中	1201	黃雅晨	中和高中	316	羅元廷	建國中學	320
李幼新	建國中學	305	張宇揚	建國中學	321	黃新凱	成功高中	324	羅培瑞	延平高中	313
李宜佳	西松高中	3孝	張 安	建國中學	324	黃煜鈞	建國中學	318	嚴仁甫	建國中學	327
李明叡	建國中學	318	張聿辰	建國中學	322	楊其儒	師大附中	1211	蘇柏文	松山高中	311
李昀澄	成功高中	324	張聿翔	台中一中	314	楊涵建	松平高中	312	蘇聖博	建國中學	326
李芷涵	中山女中	3禮	張育翔	政大附中	305	楊凱麟	大同高中	314	饒宇軒	政大附中	305
李家誠	建國中學	317	張宜平	中和高中	316	楊嵐竹	北一女中	3御	龔昭如	延平高中	319
李國維	建國中學	317	張芳瑀	惠文高中	607	葉永晴	西松高中	3忠	吳軒宇	台南一中	319
李慈恩	建國中學	307	張哲誠	建國中學	301	葉佐新	建國中學	222	鄭守恩	台南一中	319
李廣和	師大附中	1220	張家豪	重 考 生	重考生	葉映榮	東大附中	3丙	廖家亨	台南一中	319
李霖季	建國中學	328	張峻瑋	台中一中	315	葉書偉	師大附中	1211	王凱立	台南一中	304
杜雨迪	建國中學	309	張矩嘉	台中一中	314	葉健偉	建國中學	326	黃劼勛	台南一中	318
沈奕均	北一女中	3溫	張喬雅	延平高中	308	葉嘉生	西松高中	3孝	邱紹博	台南一中	313
周家鋒	台中一中	314	張貽程	台中一中	317	廖啓君	重 考 生	重考生	田皓宇	台南一中	312
周紹文	成功高中	316	張寧珊	北一女中	3仁	廖翌安	松山高中	306	黃亮瑀	台南一中	310
周凱隆	西松高中	3信	曹毓庭	北一女中	3平	褚馨雅	台中女中	304	吳柏濬	台南一中	306
東上潤	延平高中	308	曹瑞哲	成功高中	314	趙瑋歆	師大附中	1218	林佳蓁	台南女中	318
林大鈞	建國中學	330	許四融	建國中學	328	劉上琪	國立大里高中	314	黃筠涵	台南女中	304
林君綸	重 考 生	重考生	許智涵	建國中學	322	劉子瑄	松山高中	306	林可威	台南一中	308
林宏杰	成功高中	320	郭長林	延平高中	307	劉序庠	建國中學	325	黃 健	台南女中	318
林育如	大同高中	310	郭新勝	台中一中	313	劉宜陵	中崙高中	301	陳語潔	台南女中	318
林育蓮	景美女中	3義	郭榮宇	建國中學	307	劉容容	松山高中	303	蔡筱仔	台南女中	301
林岩儒	台中一中	314	陳主敬	松山高中	305	劉席榆	華盛頓中學	302	林宜諭	台南女中	308
林芷仔	中山女中	3和	陳守猷	成功高中	306	劉耿志	建國中學	307	林佳瑗	台南女中	304
林冠延	建國中學	323	陳羽柔	中山女中	3孝	劉頖榛	文華高中	318	王育承	台南一中	318
林宥汝	台中女中	303	陳妍伶	陽明高中	306	劉博馨	中和高中	314	陳彥陵	進 修 生	進修生
林柏臻	師大附中	1231	陳芃靜	延平高中	311	劉 瑄	松山高中	307	黃 珊	台南德光女中	304
林修平	台中一中	319	陳 岳	建國中學	327	潘貞諭	北一女中	3禮			
林原伊	建國中學	306	陳玥伶	北一女中	3義	潘綱凡	建國中學	322			

www.learnschool.com.tw

劉毅英文教育機構
學費最低‧效果最佳

高 中 部：台北市許昌街17號6F（捷運M8出口對面‧學勳補習班） TEL：(02) 2389-5212
國 中 部：台北市重慶南路一段10號7F（火車站前‧學林補習班） TEL：(02) 2361-6101
台中總部：台中市三民路三段125號7F（世界健身中心樓上） TEL：(04) 2221-8861

Editorial Staff

- **企劃・編著** / 陳靜宜
- **英文撰稿** / John H. Voelker
- **校訂**

  劉　毅・劉文欽・張玉玫・卓美玲

  林叙儀・歐馨雲・陳美月・陳淑玲
- **校閱**

  Larry J. Marx ・ Lois M. Findler

  John H. Voelker・ Keith Gaunt

  王慶銘・袁愛琴・盧文生・帥慧茹・林麗崔
- **封面設計** / 唐　旻
- **版面設計** / 許靜宜・王淑珍
- **版面構成** / 王秀寶・呂美玲
- **打字**

  黃淑貞・賴秋燕・倪秀梅・蘇淑玲・鄭梅芳

  黃秀子・陳梅雲

國立中央圖書館出版品預行編目資料

英文單字趣味記憶法 / 陳靜宜編著　　　‐‐一版‐‐
〔台北市〕：學習發行；
〔台北市〕：紅螞蟻總經銷，1997〔民 86〕
　面；公分
ISBN 957-519-098-X（平裝）

　1. 英國語言—詞彙
805.12　　　　　　　　　　　　　　　　84000762

英文單字趣味記憶法

編　　　著 / 陳 靜 宜
發　行　所 / 學習出版有限公司　　　☎ (02) 2704-5525
郵 撥 帳 號 / 0512727-2 學習出版社帳戶
登　記　證 / 局版台業 2179 號
印　刷　所 / 裕強彩色印刷有限公司
台 北 門 市 / 台北市許昌街 10 號 2 F　　☎ (02) 2331-4060
台灣總經銷 / 紅螞蟻圖書有限公司　　☎ (02) 2795-3656
美國總經銷 / Evergreen Book Store　　☎ (818) 2813622
本公司網址　www.learnbook.com.tw
電 子 郵 件　learnbook@learnbook.com.tw

書 + MP3 一片售價：新台幣一百八十元正

2011 年 8 月 1 日新修訂

ISBN 978-986-231-052-6